《心理档案》系列

秦森 ○ 主编

心理档案
疯人日记
FENG REN RI JI
悬疑 | 人性 | 解谜

识我们的地方。快跑！跑到谁也不认识

泡！我不想成为TA的玩具！跑跑跑跑！

坏种坏种 我不是坏种！坏种坏种

NEW WORLD PRESS

你睁开眼睛，刺眼的白光像刀子一样扎进你的瞳孔。消毒水的气味灌入鼻腔，混合着某种难以名状的腐朽味道。

"你醒了。"

一张陌生的脸出现在你的视野中。男人约莫四十岁，戴着金丝边眼镜，白大褂一尘不染。他的嘴角挂着标准的微笑，却让你的脊背莫名发凉。

"既然如此，你好好休息吧，快到查房时间了，我去做点准备。"

男人没等你开口，说完就离开了，徒留摸不清状况的你待在房间。

天花板上的荧光灯管嗡嗡作响，像一群恼人的苍蝇。

这是哪里？

眼前的男人是谁？你又是谁？

为什么你什么都记不起来？

你环顾四周，这是一间布置得很简单的房间——只有你身下的单人床、一个样式最寻常的床头柜、一张书桌，最特别的可能是房间角落里有一个小小的独立卫生间。

你忍着头晕，在房间内四处翻找，希望能找到一些线索，终于，你在书桌抽屉的夹层找到了一张病历单——

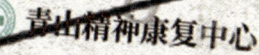

青山精神康复中心

姓名	秦森	年龄	28岁
性别	男	职业	精神科医生
病症诊断	科萨科夫综合征		

因长期酗酒引起脑部损伤，导致近期记忆丧失和虚构记忆症状。表现为选择性的认知功能障碍，包括近事遗忘、时间及空间定向障碍。

你有酗酒的习惯吗？

你的太阳穴突突跳动，记忆像被撕碎的纸片，无论如何也拼凑不起来。但你终于想起了你的名字——秦森，这点你很确信。

你继续翻找房间，连卫生间的水箱都没放过。你想如果是你藏的线索，也许会放在这里。

果然，你找到了一支被密封袋包好的手机和一个包裹——

信息·短信
4月7日 05:00

已进入组织安排的医院，还未发现任务目标。

注意安全。

信息·短信
4月9日 10:00

情况有变，目标似乎早就预料到我会来。

任务是假的？

这一切可能都是组织的考验。

信息·短信
4月15日 00:00

还好吗？

信息·短信
4月23日 19:00

现在情况如何？你还好吗？

我怀疑我的身体出现了一些问题，并且我一直在被监视中。

暂时不要联系了，等我主动联系你。

信息·短信
5月1日 05:00

我给你寄了一个包裹，注意查收。

包裹？你遇到了什么情况？

看到包裹你就明白了。

你什么时候可以结束任务？

我暂时不能离开这里，包裹里有我设置开启记忆的钥匙，但我不能把它放在身边。

等到合适机会，由你把它还给我。

信息·短信
5月30日 08:00

> 当你看到这则信息,你应该已经醒来。
>
> 你的包裹我已想办法带给你了。
>
> 我相信你一定可以解开包裹中的信息,找回自己的记忆。
>
> 如果你还是你。

任务指引

1. 打开包裹,获得9篇【病人日记】(正文故事)、一沓散落的【医生手册】、1张【医院平面图】、10个【病人手环】、1份【院长办公室资料】。

2. 阅读9篇【病人日记】。

3. 阅读【医生手册】,根据9张散页内容整理排序。

4. 根据【病人日记】正文中的信息,在【病人手环】上填写所有病人的姓名。

5. 结合【医院平面图】、【医生手册】中的内容,在【病人手环】上填写所有病房房号。

6. 找到【医生手册】中提到的"值班室"对应的房间全称,并发送"值班室的房间全称+医生手册主人的姓名"至微信公众号"404乐园",获得后续彩蛋故事。

PS:如有任何疑问,可发送 **"FRRJ"** 至微信公众号,获得攻略提示。

"404 乐园"微信公众号

目录

妄想 001
文/森河

别吵,我在思考 025
文/量杯煮咖啡

苦夏 043
文/炉火红红

缺口 063
文/朱奕璇

01 妄想

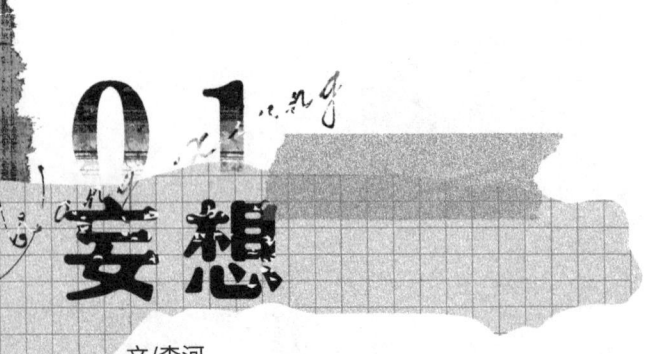

文/森河

1.

2024年6月10日

今天是我第一次见她。

不知道为什么,她的眼睛让我想起餐盘上的鱼眼睛。

死气沉沉的,没有任何光亮。

我去探视陈金薇时,她正枯坐着看电视。病房里充斥着刺鼻的消毒水味,我左右看了看,不知道该坐哪儿。

同事小许跟护士交谈了两句,后者特意指了指挂在墙上的蓝色按钮。

"哪有那么吓人,"小许说,"我跟薇薇是老朋友了,你放心。"

护士点头离开,轻轻关好门。

"薇薇,我们来看你了,"小许坐到她旁边,"公司几个领导都很看好你,等你的病治好了,咱再回去接着干!"

从我们敲门起,陈金薇的眼睛就一直盯着电视,像是只对重复播放的都市新闻感兴趣。

小许惦记着领导安排的任务，强提了一口气，又笑着说："公司还来了好几个新同事呢，长得特别帅，回头我介绍给你。"

陈金薇扯了一下嘴角，像是在笑，又像是在应付。

她脖子没动，眼珠子转向了我，问道："她是谁？"

"是新来的小黄，和咱们一样都是销售，她刚来两个月，干得很不错！"

我打了个招呼，陈金薇点点头，算是回应了，然后眼睛再次看向电视。

这次拜访实在不尽如人意，二十分钟里，小许又是逗她笑，又是讲些八卦，陈金薇都没反应。

临别时，小许勉强维持着客气的笑容，与她告别。

"薇薇，以前我们是好姐妹，我真不想看见你现在这样子。"

陈金薇没有起身送我们，仍坐在原位，许久才开口："你们都会这样。"

她的声音很轻，轻到带着些预言色彩，我不禁打了个寒战。

小许忍了二十分钟，像是紧绷的弦终于断了，声音登时提高了好几个度："我们？陈金薇，根本没有人会像你这样犯花痴，更不会像你这样不自爱，没有边界感！顾哥到现在都在自责，说是他做领导不够有分寸。陈金薇，顾杭每天都戴着婚戒，跟任何女销售谈话永远都是开着门。我问你，顾杭对你做过什么？"

我皱眉，在听见现任上司的名字时感到有些不舒服。

小许见陈金薇并不反驳，怒意更甚，再开口已经有几分数落的意味了："人事部找你谈过好几次话，也说过有任何骚扰的短信记录、录音、视频都可以立刻提交，人证物证都可以。我们公司风气是很差，但你是去年千万级大单的销冠，连集团总裁都和你合过影，其他高层私下也都夸你能力好、聪明、情商高，不然现在都过了半年了，谁还来这种地方看你变得好一点没有？"

陈金薇此刻才缓缓转过头。

我见过那张照片，和此刻的她判若两人。

那张照片至今被放在会议大厅的玻璃墙上。同一列里，还有各类研发专家、年度销冠、优秀员工的照片。

那时的她染着一头张扬的红发，妆容精致干练，眼尾还缀着小金点，很是动人。而现在，她的红发褪作斑驳的杂色，嘴唇干裂到有些起皮，像是开裂出棉花的破旧布偶。

陈金薇露出诡异的笑容。我没来由地后退了一步，离那个蓝色按钮更近了一些。

"我们都一样。"陈金薇轻柔地说，"小黄，小许，小陈，都一样。"

不知道为什么，听到这话小许变得更加愤怒，表现得有些歇斯底里："疯女人，你咒谁呢？"

没等她吼叫更多，我下意识地按了按钮。

几乎是十秒内，护士立刻带着镇静剂冲了进来。她看见面目狰狞的小许，以及平静到有些无辜的陈金薇，也愣了一下。

"不好意思，是我不小心撞到墙了。"我略带歉意地解释了一句，拉了一下小许的袖子，"许姐，不早了，公司那边还要开会呢。"

小许深吸一口气，把恶意咽回肚子里。她冷笑着看了一眼陈金薇，转身就走。

我本来要跟上她，但还是留在原地，向陈金薇道了歉："最近大家业绩压力都很大，许姐她有点失态，我替她说声对不起。"

陈金薇端详着我的脸，像是在看我的卷发，以及洒金的玫瑰茶口红。

"顾杭对你也很温柔，对吗？"她浅笑着说，"你喜欢他吗？"

护士听到喜欢这个词，直接拔萝卜似的把我往外拽："不好意思，请您出去，病人该休息了。"

我跄跄着往外走，却发觉陈金薇还在盯着我。门关上之前，她呢喃般的轻语飘进我的耳朵里："小黄，你逃得掉吗？"

小许在电梯口等着我，还在售货机那儿买了两瓶水。

"刚才的事情，是我看不惯她，你别跟上头告状啊。"小许没好气地说，"你也早就知道了吧。她被诊断患有钟情妄想症，连研发部都听说了，有个金牌销售犯了桃花癫，成天幻想她领导暗恋她、倒追她。"

我掏出小镜子补口红，笑道："如果是真的，她总该有点证据吧。"

"我以前和她真是好朋友，那时候她和我一样，只是一个中级销售，天天不是陪客户吃饭，就是打一堆电话。"小许的目光变得有些复杂，"她第一次跟我说，觉得顾哥暗恋她，我还乐呵呵地在那逗闷子。"

"有证据吗？"我还是那句话。

"顾哥请奶茶，送香薰眼罩，带全部门一起唱歌团建，她都觉得是他在暗示她。"小许无语道，"咱们现在也是这样呀，公司福利待遇好也算犯忌讳了？她还偷偷给我看照片，公司团建旅游的时候，顾哥摘了向日葵送给她，后来送给大伙儿的眼罩上，她的那一份上也刚好印着向日葵。"

电梯"叮"的一声打开，小许踩着细高跟快步往外走。

"是向日葵，又不是什么红玫瑰、白玫瑰，她也真能联想。"

我打开手机，点了几下搜索引擎，搜索页面很快跳出了对应结果——向日葵的花语是沉默的爱。

小许见我落在后面，特意凑过来看："你的手机壳挺好看，印的是什么花？"

"白色洋桔梗。"我笑了笑，"朋友送的，很便宜。"

2.

2024年6月12日

那些偷偷看向我们的眼睛。

它们漂浮着，隐匿着，无声地盯着我。

空洞，审视，一动不动，就像她的鱼眼睛。

销售部的会议定在下午五点，我们迟到了五分钟。

顾杭正讲着季度数据，被开门声打断时流露出几分不悦。他锐利的眼神掠过小许与我，低声说："许衷，第几次了？"

"路上堵车，"小许把我往后带，"我知道错啦，你继续讲。"

我下意识回头，目光与他再度交汇。

顾杭，销售总监，三十五岁，已婚已育。他有留学背景，经常负责接待海市的外国客户，英语和法语都说得流畅从容。

小许曾跟我开玩笑说，所有新入职的小姑娘都得先学一课，如何放弃对顾杭的幻想。人家事业有成，办公桌上永远摆着妻子的照片，再温柔多金也不能惦记。

我当时差点被咖啡呛到，反驳道，就算他是单身也不可能啊，谁敢跟自己的上司谈恋爱。小许反而觉得没什么。

"嘻，职场剧不都这么演？霸道老板爱上我。"她惟妙惟肖地模仿着男主角的口吻，"女人，你引起了我的注意。女人，为什么你和她们都不一样？"

我笑得不行，说还真是这样，年年都这么播。

开完会后，我回工位继续赶报告。有个数据不太对，我拿着报表去了小许的工位想问问她，第一眼便看见铺在她工位上的绒布桌垫，上面画着瑰丽又热烈的日出。

小许本来在忙，闻声快速给我解答。但没聊几句，顾杭走过来，用指节轻敲了一下桌沿："南城的那个单子，去1705会议室。"

小许对我快速交代了几句，拿起U盘和会议本离开。

她离开时，顾杭没有立刻走，反而弯下身子对我说："你上个月的业绩很优秀，我跟领导打过招呼，你可以提前转正了。"

我没敢看他的眼睛。

顾杭的皮相，用"漂亮"一词来形容也不为过。他的下颌线狭长，瞳眸幽深，即使遇到难缠烦人的客户，也仅仅是轻抿薄唇，不会表露更多的情绪。

"我建议你去萧珑的销售二组，他一直很舍得给资源，也擅长带新人。"顾杭停顿片刻，又说，"但我尊重你自己的选择。"

我并不犹豫："谢谢指点，我去二组。"

我的目标始终只有一个，成为今年的销冠。哪里钱多，哪里晋升得快，我就去哪儿。

几乎是同一时刻，我的手机亮了起来。

人事部小孟：小黄，打扰你真不好意思。你们去探视以后，金姐的状况好像好了很多。她托主治医生问公司，能不能让你再单独去见她一次。

人事部小孟：领导们一直很看重她，说可以给你额外批一整天的带薪假，只要你能好好劝劝她。

一旁的顾杭问："有什么事需要帮忙吗？"

我向他笑了笑，摇了摇头。

再见萧珑，他还是那副老样子。没事就喜欢嘚瑟，爱显摆自己那把印着白色翼展的车钥匙，桃花眼冲谁都笑。

"小学妹业绩这么好，老顾居然舍得把你调过来？"他接过我手里成摞的宣传页，哼着歌没走几步，又打听道，"你上个月那一单怎么干成的？作为一个新人怎么这么狠，有点手段啊。"

我本来就抱不动文件，看他接过不由地松了口气，苦笑道："哪有什么手段，天天加班硬卷呗。"

萧珑咋舌："那你对自己也够狠。"

为了表示对我的欢迎，萧珑特意在工位上放了个礼盒，是一个写着"加薪水"的大口径玻璃杯。

我用食指敲了敲两下礼盒的边沿，脸上没笑容。

"还是顾哥懂事，"我的口吻像在玩笑，说话时平视着他的眼睛，"人家舍得把老客户分我一点。毕竟那么多人脉关系，他也不可能个个都花心思经营。"

"我知道。"萧珑磨了磨牙,"行,你放心,我对下属肯定比他好。你别看他一副贵公子的模样,成天光风霁月还喷点古龙水,还不是个俗人?他那腕表是金的,对戒也是金的,办公桌上还搁着一棵摇钱树,小灯一照流光溢彩的。"

萧珑压低声音,语气透着些讨好:"不过我也俗,我比他还俗。咱俩好好干,有好机会我肯定需要你帮忙,谁不喜欢钱啊?"

我这才露了个笑:"谢谢哥抬举我。"

3.
2024年6月15日

再次走进这里,白炽灯把各处都照得透亮,再配合那些画报和轻音乐,这里给人一种一切如常的平淡感。

就好像精神病院和公司也没有什么区别。

除了那个蓝色的按钮。

人事部申请了一小笔经费,给陈金薇买了大果篮和营养品。

"金薇姐先前一个人拿下四千万的大单,等于养活了公司上下三百多号人,不然领导们也不会关怀到这份上。"小孟忐忑地说,"她住院那么久,从来都没笑过,见到你和许姐以后,忽然好像就活过来了,医生说她症状好了很多。"

她不确定地说:"就好像是突然想开了,人也变温柔了。"

我没说话。我记得那天临走前,陈金薇的喃喃自语一点都不像想开了。

我答应在周六下午再次拜访她。

那天是难得的大晴天。小许打电话过来,问我和陈金薇聊得怎么样了。

"还没进去呢,路上堵车。"我说,"我瞧你天天很晚下班,声音也有气无力的，你还好吗？"

"有点盼头，希望能有结果。"她声音虚弱地说，"我打电话过来，也是不放心你。"

"提前转正这事儿，几个组全都知道了，有人私下议论，说顾哥太偏心你。"

我叹了口气，她也跟着叹了一声。

"小黄，你看过那些宫斗剧吧，职场里……特别是咱们这样的销售部门，钩心斗角不比那个少。我天天加班，也怕身体出事，这几天在抽空去健身。你猜怎么着，这教练，课上得不怎么样，倒是有心思跟我发点暧昧短信，又是自拍又是唱小情歌，有点意思。"

我皱眉道："要不要投诉一下，换个人？"

"他们不都这样？靠维系关系卖课刷业绩，跟咱们这行也没区别。"小许的语气很轻快，"偶尔有人冲我献殷勤也挺开心的，有时候，我甚至希望能多来几个。"

闲聊几句，我挂断电话。再次走进住院部，护士仍是不太放心，又给我强调了一遍病房规则以及蓝色按钮的位置。

我昨天还在通宵加班，此刻累得抱不动果篮，索性把东西都递给她："我知道了，谢谢你。"

她有点莫名其妙地帮我接过东西，推开门跟陈金薇打招呼："42床，你同事又来看你了。"

陈金薇关掉电视，先过来接礼物，再客气地和我打招呼。

等护士走掉以后，我才歪在椅靠旁，忍着哈欠说："你有什么想告诉我的，说吧。"

她打量着我的妆容和套裙，没有立刻开口。

我知道我很像又一个她。卷发、西服裙、高跟鞋，连妆容品味都很相似。

但我太疲惫了，今天过来也仅是应付一下。她的病，她与顾杭的是非，她与公司的对错，我不在乎。

陈金薇明显能觉察到这一点，她定了定神，重新斟酌着话题。

"你想知道,我是怎么拿到这笔四千万的单子吗?"

我抬眼看她,重新坐得端正笔直:"您请说。"

她露出一个了然的笑,开始说自己的故事。

陈金薇刚入职时,连高跟鞋都穿不习惯,走几步崴一下,还差点撞到人。

整个部门里,只有顾杭留意到她的脚后跟被磨到破皮,悄悄给她买了喷雾和垫片。

她原本性格拘谨内向,在注意到男女同事都打扮得十分时尚之后,更是习惯坐在靠角落的位置,变得有些自卑。

一连两个月,她都只拿到了底薪,小组长明显没了好脸色,把杂活儿都扔了过来。

反而是身为总监的顾杭找她单独谈话,从最基础的话术教起,一直讲到客户的日常维护管理,以及酒桌上如何自保。

讲到最后,他推过一枚印着向日葵的创口贴,轻声叹气:"怎么又受伤了?"

陈金薇小声解释,是打扫库房时不小心撞到了柜角。

从那以后,小组长再也没有惩罚她做过杂活。

我听到这里,半是调侃道:"怎么听着像一个爱情故事?"

陈金薇漫不经心地捋了下病号服。她抬起手时,打过安定针的孔痕泛着锈红。

"我最初很怯懦,给客户打电话都会紧张。所以,当我上级的上级对我青眼相待时,我只觉得自己根本不配,必须加倍地学习工作,回报他的善意。"

她逼着自己去学同事们的每一个优点,从打扮风格到说话方式都悉数模仿。终于,她成功开单,业绩从底部一点点地往上爬。

顾杭很少与她说话,但她过生日的时候,桌上多了一份小蛋糕。

开会的时候,她埋头写笔记,偶尔能感觉到一道温柔又坚定的目光。

他像在事业的巅峰处安静等着她。每一天,都仅是守候着,陪伴着,在她最需要帮助的时候施以援手,再不动声色地离开。

如果他的无名指上没有那枚纯金婚戒,这个故事会很动人。

我原本对这种感情故事感到厌烦,更想听点实用技巧,此刻也不由得开了口:"当你发现你的已婚上司在追你,是什么感觉?"

"像针刺一样坐立不安。"陈金薇平静地说,"我最初只觉得困扰,却还是一点点地陷了进去。"

他的秘书会恰好在雨天邀请她坐顺风车回家;她喜欢喝咖啡,茶歇间的咖啡豆开始变得昂贵又丰富;客户被抢的时候,她的组长变得十分强势,当众要求对方道歉,并且给她应有的补偿;在团队接待大客户时,他都会亲自为她挡酒,平静而简单地打断那些中年男人的无理笑话。

我的眼神有些晦暗:"所以,你动心了?"

陈金薇露出仓皇又空洞的笑容:"你知道吗?我和他唯一靠近过的那次,是在某个大雨天。酒桌上都是烟味,我躲到酒店的露台吹风。海市的台风天,暴雨如注。我讨厌酒桌,讨厌献媚,讨厌我的工作,讨厌每时每刻的每件事。所以我宁可躲在暴雨的边缘,哪怕衣服头发都被浇湿。他走过来,与我并肩站在暴雨前,袖子碰着袖子。好像就在那几秒里,我才碰触过他的体温。"

陈金薇轻轻侧了一下头,看了几秒自己的输液瓶,说:"当时,我感觉我的伪装都被他看穿了,有些狼狈地说了声顾总好。"

我听得不忍,说:"这种时候,他如果关心几句,一般人很难不上钩。"

陈金薇淡笑:"他只说了两句话——'总监的办公室,永远都不会有雨。''我在最高处等你。'"

我呼吸未停,她随之颔首,肯定了我的猜想。

"事情就是从那天开始失控的。小黄,如果所有人都在公平竞争,怎么会有人只能赚到底薪,有人能谈四千万的单子?根本没有什么顶级的销售技巧,也没有所谓的运气好。只有加倍的学习,加倍的加班,加倍的牺牲。我在拿命拼业绩,他看在眼里,我们的关系也进一步失控。"

所有不被看见的亲昵,不被注视的温存,都像是对她的变相奖励。部门开会时,他们的脚尖勾在一起,高跟鞋摩挲着皮鞋;茶歇间里,她总会发觉他的茶杯紧贴着她的玻璃杯;几十个杯子零散地排队等咖啡时,他们的杯子沉默紧贴,如同在危险地暴露着秘密。

我打断了她的描述,笑得有些讽刺:"如果事情真是你说的这样,你们早就该天雷勾地火,周末约个会。"

陈金薇温和地看着我:"你觉得后面就是热恋期了吗?我想得到他,我想成为销冠,我想成为整个部门里顶尖的人。在我的所有欲望都被吊到最高处的同一时刻,我和他的关系断崖式下坠。"

所有的荷尔蒙与多巴胺都被倏然抽离,戒断反应至此开始。

我深呼吸道:"你的意思是,你的妄想里除了热恋,还有分手?"

陈金薇大笑起来:"有谁会承认呢?"

她第一次察觉不对劲,是他特意给另一个女同事公开送生日蛋糕,笑着祝她平安健康。

不是从前悄悄送她的那种切片式小蛋糕,不是那种十五块钱的便宜货。是动物奶油的双层蛋糕,全部门人人有份。

她看着那个双层玫瑰蛋糕,看得身体发抖,连牙关都打战,像是被迎面扇了一耳光。

所有情绪都开始失控,她躲进洗手间里,慌乱到一个劲地流眼泪,却又不知道该说什么。

是她最近业绩不够好吗?是因为她昨天躲开了客户的午夜电话吗?到底是哪里错了?

小许找不到好姐妹,还特意帮她切了一大块。

陈金薇再等回到工位时,看着那块蛋糕上的玫瑰瓣怔怔出神,咽喉不受控制地开始干呕。

她冲进总监办公室,问他为什么。

"退出去,重新敲门了再进来。"顾杭淡声道,"高级销售可以连规矩都不讲了?"

"高级销售?"陈金薇的眼泪夺眶而出,她怒极反笑,"我在你眼里,仅仅是个高级销售?"

顾杭厌烦地问:"可以说重点吗?有需求可以直接走流程。"

"顾杭,"陈金薇压着声音说,"你现在是什么意思?"

"你贴着我的时候,给我送创可贴和小夜灯的时候,指尖划过我手背的时候,我也只是个高级销售?"

男人露出茫然又被冒犯的神色。

"你在说什么?"他倾身确认办公室的门开着,皱眉道,"陈小姐,我结婚十年,已婚已育,不可能和下属有任何不清不楚。如果你坚持这么说,我们现在请人事部门过来裁决。"

她一时被羞耻和痛苦同时冲击到极点,捂着眼泪夺门而出。

我听到这里,觉得十分奇异:"所以,你不是在暧昧期拿到大单的,而是在这之后才……"

陈金薇点点头,目光仍停留在我的卷发和眼妆上。

"他大概是觉得,我还不够豁得出去。"她盯着我眼尾的金粉,慢慢道,"而我想要他后悔。我要他后悔没有公开追求我,要他后悔自己娶了那个木讷的妻子,我要他后悔自己没有眼光,讨好的不是我,而是别的废物点心。"

在那以后,他们的关系忽冷忽热,像极了伦敦的坏天气。偶尔天空会放晴,似乎很快就回到了甜蜜默契的旧日,哪怕向日葵始终沉默着。更多时候,她被独自浸泡在连绵不绝的阴雨天。

之后半年里,她发疯似的工作,再也不顾任何边界和自我。两次胃出血住院,无数次的加班应酬,最终换来了公司有史以来最大的爆单。

我一时间听得心口发凉,追问道:"然后呢?"

"他拿走大笔分成，但对我始终保持冷淡，我们之间的关系彻底变差。"陈金薇的口吻不像在揭伤疤，解离到已经没有任何情绪，"我彻底崩溃，公开质问他，一次又一次发疯，在他对别的女同事示好时过去阻拦，被所有人当成疯子，最后被送到这里。"

我打量着她，看她描述这一切时的每个肢体动作。

"你不知道你上套了吗？"我追问着，"如果你说的一切都是真话，没有篡改，没有虚构，那你更应该拿走分成后果断离开。以你这样的履历，任何公司都会欢迎你。"

陈金薇扬起眉毛，露出小许看她时的那种表情。她面露怜悯地看着我。

"你听过倒刺钩吗？"陈金薇问，"捕猎时，有些钩网一旦被踩中，挣扎越深，陷得就越深。"

她在描述残忍的景象时，反而在笑："逃？你往外跑，那些钩刺会倒剥开你的皮，几乎把你的整层血肉都活剐着留下，你才能离开。"

我笑不出来。那些旧事，我都听说过。一开始，公司只是觉得他们之间有误会，还特意找了人事来调解沟通。

陈金薇的失控次数越来越多，会在公开场合干涉顾杭与任何人的正常交流，还不断沉浸于各类不利于公司的妄想。哪怕高层友善地让她带薪休息，又转成强制性的停职休假，情况仍未好转。

最终她让顾杭和另一个女同事合作的大单彻底泡汤，公司忍无可忍，通知了她的家人。经过她家人的同意、公司的佐证、医生的判断，她来到这里，用药物去治疗妄想。

我觉得荒唐可笑，也终于有了几分同情："你想不想痊愈以后出院？"

陈金薇更放松地仰躺在椅子上，懒洋洋地问："出去，然后呢？"

我保持沉默。

4.

2024 年 6 月 15 日

她看着我的眼睛，像是她的眼珠子要抓住我的眼珠子。

她无声地写下了告白，每个字又细又小，像没有挤干净的黑头，也像蝇虫蜷曲的残骸。

离开住院部，我直接回公司开会，顾不上回家。

往往在这种时候，车流拥堵到让人烦闷难耐。我按下车窗，抬头时看见了街边炽亮的路灯。我看着扑棱着撞灯的虫群，又看向挂着铁锈的路灯。连灯都像在与它们一同腐烂。

回到部门时，气氛不太对劲。

小董把我拉到一边，低声说许姐的大单子丢了。客户始终不满意她的报价，一气之下选了竞品。

我抽了口冷气，问她小许在哪里。

"不知道，"小董摇摇头说，"顾哥单独哄了她一会儿，可她还是止不住哭，写完述职反思就提前回家了。"

小董走了以后，萧珑过来找我，说会议临时取消了，他们中层要开会修改战略。

"所以，你那边几个客户谈得怎么样？"他有些按捺不住，催促道，"高层现在盯得很紧，我压力也大。"

"那你可以替我去今晚的酒会，"我冷笑着看他，"你亲自谈，会不会更靠谱一点？"

萧珑一时语塞，退让道："哪能啊！"

他找来解酒药，想了想，又拿出一包纸巾。

"放松点，"他轻声说，"实在不行，这单先放一放，你最近脸色不太好。"

我并没有接。萧珑迟疑片刻，姿态放得更低了些。

"别生气了，是我没考虑到你，对不起。"他的声音低沉好听，还带着些磁性。

"这些对我没用，"我平视着他的眼睛，"要么套餐价格给我倾斜优惠，要么别让我卖那些滞销货。"

萧珑看起来很自责："我的话语权并不高，但我明白你的难处。你今晚别去了，好好休息。这单我们放一下，你身体要紧。"

我最后还是去了，也终于把那批积压在仓库的旧货卖出去了。

周一再上班时，小许请假没有来。

大清早的，其他部门又有女生在小声哭。

我去洗手间补妆，瞥见镜子上有被涂抹开的红印。像唇釉，像血迹，像没有干的指甲油。

再回工位时，我站了很久，迟迟没有坐下。有人在喝咖啡，有人夹着嗓音给客户打电话。

那成团的蚊虫好像还在不休不止地飞舞着，绕着每一盏白炽灯打转。它们在会议室里交配，在荣誉墙上产卵，让业绩表的字里行间诞生出新生的、蠕动的、密密麻麻的蛆虫。

我无声地看向小许空着的工位，不受控制地走过去。

余光里，成团的蚊虫和成团的鱼眼珠子交融在一起，彼此交缠侵蚀，又带着血水分离。

我翻开了她的日记本。

第一页往后，大部分内容都是学习心得以及提振士气的话语。

我径直往后翻。她抄写了一首艾米莉·狄金森的诗，小心地藏在了本子的深处：

因为他知道，而你，你不知道。

我们不知道。

我们有这样的默契，也就够了。

闪电，从不询问眼睛。

为什么，他经过时，它要闭上。

因为他知道，难以言传。

所有缘由，难以诉说。

日出，先生，使我不能自已。

因为他是日出，因为我看见了他。

于是，所以，我爱你。

我不喜欢诗，更不喜欢她写下的这一首。像是什么支离破碎的梦呓，没头没尾。

我把日记本放回原位，再抬头时，撞到顾杭的目光里。他不知道什么时候过来了，离我很近。

"辛苦了，"顾杭绕开了我偷看同事日记被抓现行的错误，把话题引向另一边，"周末难得休息，你还去探望了小陈，谢谢你。"

"顾总好，我在帮许姐收拾东西。"我说，"今天下班以后，我打算过去看她。"

顾杭沉默片刻，说："她感冒了，其实没那么严重。倒是你，还好吗，需不需要休息几天？"他看向洗手间的方向，又看向我，有些欲言又止，"今天早上，你为什么要把镜子弄成那样？"

我听得愕然，无从辩解。好在这时候萧珑晃悠过来，把手搭在我的肩上。

"嘿，跟我姐们儿聊什么呢，"萧珑笑眯眯道，"托她的福，大半仓库的尾货能卖掉，我喊声奶奶都应该。"

"要点脸吧，"我笑骂一句，借机脱身，"行了，我干活儿去了，客户还等着呢。"

我转身时，假笑终于可以撤下来。他们的目光仍然黏在我的背后，仿佛是流淌着胶水的棉线。

我终于准点下班了一次。下午六点，天色很暗，但走出公司的那一秒，一整天才像终于开始。

我在地铁站出口站了十分钟，像是在监狱外放风，直到整个人终于缓过来，才给小许打电话。

她住的小区在另一个片区，哪怕更靠近郊外，房租也只便宜了一点点。海市像是只有这两种住处——没有电梯的"老破小",寸土寸金的大豪宅。前者穷得要命,后者贵得要命。

小许的住处是一栋老楼,小区里早就没了烟火气,不知名的藤蔓在漆皮剥脱的外墙上疯长。小许家在六楼,我爬得气喘吁吁,感觉膝关节都在惨叫。

"你来这么早,"她开门时很诧异,"快进来缓缓,我去给你倒杯热茶。"

我进门以后,漆黑的房子才陆续亮起了灯,把各处都照亮。

出乎意料的是,她的小屋布置得温馨雅致,餐桌和茶几下都铺着米色方格小软毯,踩起来很舒服。吊兰绿意盎然,墙上还挂着画。

我静默地看了一眼那幅画,日出静谧柔和,让我想起了陈金薇说的那朵向日葵。

"没吃饭吧,我睡了一天,也才刚起来。"小许忙活起来,把冰箱上下层开了又关,"咱们一起吃牛排好吗?再配点意面和青豆?"

我笑着说:"哪是我来探望你,反而像卡着点过来蹭饭了。"

"跟我还客气啊,"小许招呼道,"家里随便转转,我做饭很快,十五分钟就好。"

至少在这个时候,她和公司里的小许判若两人。

没来由地,我想起荣誉墙上的那一张张骄傲又自信的脸。那些面孔在家里的时候,也许也会哭,也会像面具粘连在皮肉上一样,痛得撕不下来。时间一久,在公司反而比在家自在,毕竟灵魂也早就扣押在那里了。

厨房传来哗哗的流水声,我环顾四周,很喜欢她家里的温馨感。紧绷的神经一点点松弛下来,焦虑感被驱散少许,让我终于开始觉得暖和。

太冷了,公司和我的家都太冷了。我打算去好好洗个脸,彻底放松下来。

"姐，卸妆水能借我一下吗？"

"都在洗手间里头，你随便用！"小许在厨房里喊，"镜子下面的抽屉里还有没拆封的化妆棉！"

我走进洗手间，开灯看向镜子，一边卸妆，一边打量着鼻尖的毛孔。半晌，我瞧见镜子的右下角，贴着一个印着日出图案、略有些潮湿的陈旧创可贴。

我俯身凑近了看，发觉是她用圆珠笔在上面写了字：

日出，先生，使我不能自己。

因为他是日出，因为我看见了他。

我暂停了呼吸，抬脚跨过湿掉的地毯往外走，更想跨过这个清醒的事实。

我保持着冷静，收拾好自己以后坐回餐桌，等待与她一起共进晚餐。

小许难得放个假，状态变得轻松了很多。她端牛排出来时还哼着歌，给我看她新买的小碟子。

"我特喜欢吃青豆，"我笑吟吟道，"今天真有口福，谢谢姐。"

"看我的摆盘，"她得意道，"溏心煎蛋，咱俩一人一个。"

我拍照留念，正要开动，却被她喊住。"小黄，"她看着我，笑着问，"你说这煎蛋，看起来像什么？"

我看向餐盘，浑圆的煎蛋卧在牛排上，金灿灿的，还冒着焦香。

"姐，我饿得肚子都在叫。"我打哈哈道，"先吃吧，晚点再夸你。"

她无动于衷，声音冷淡又狂热，仍是沾着笑意："嗯？像什么？你说话，你说，它像什么？"

5.

2024 年 6 月 25 日

装个蓝色按钮吧。我的大脑不受控制地想着。

像是有个声音在急促而不成节奏地吟唱着，用怪异的腔调，悠长又婉转。

装个蓝色按钮吧，反正这里也是精神病院，反正连白炽灯都腐烂到渗出了汁水。

我和小许再也没有聊过那天的牛排与煎蛋，就像那晚的到访也仅是一场妄想。

日子循环往复地过，没完没了地加班、调休、开会，以及为不同的人庆功。

聚餐团建的时候，人事部恰好在隔壁桌。

小孟也不喜欢烟味，和我一起溜去便利店买水。

"金薇姐以前和你一样漂亮，后来……唉。"她感慨道，"也不知道以后能不能再看到她。"

"你也认识她？"

"她出事那会儿，我才刚进人事部，这种差事没人乐意接，领导就让我去安抚一下她。"

小孟拧开维生素水，灌了两口道："我哪懂这个！"

"我实话实说，跟她私下讲，他也许喜欢你，也许器重你，也许是爱而不得，也没法离婚。但是，金薇姐，他就算喜欢你，那又怎样呢？今天可能是你，明天可能是我，后天也可以是任何人，你能怎么办呢？多赚点钱，开开心心过日子，找个能交往的男人，这事儿不就完了？"

我并不觉得小孟单纯，顺着这些话往后想，许久问道："在公司里，她能躲得掉吗？"

"这么一聊，我就想到隔壁部门那个领导，林姐。她成天把一群男同事迷得五迷三道的，个个都抢着给她当工具人。"小孟摇摇头，"也是，鱼哪躲得开网呢。"

好在，我的运气比旁人更好一些。过完年以后，我签了一笔九百万的大单，像是终于击穿了沉寂许久的死水。虽然结款还需要一两个月，但事情已经板上钉钉，不会有任何变故了。

金薇姐走了以后，销售部江河日下，靠着零碎小单勉强熬到现在。一时间，更多人嗅到味道，其他销售组的组长也轮流过来套近乎，邀请我过去合作。

顾杭看在眼里，邀请我单独开个会，大概是想问我要不要回他直管的一组。

我说开会可以，把我领导也叫上吧。

顾杭垂着眼睛，半晌才问出口："怎么，现在跟我生分了？"

"哪能啊，哥。"我说，"你要是这么说，我倒是有话想问问你。"

他痛快答应："行，问什么都可以。"

"小许，小陈，小孟，小黄，你更喜欢谁？"我望着他笑。

我很少看到一个男人的眼神里能闪烁出这么复杂的情绪，但他仍是从容地看着我，呼吸平缓："那要看，是哪种喜欢了。"

男人为我拉开会议室的门，语气戏谑："怎么，觉得我对你不够偏心？"

萧珑来的时候，瞧见我和顾杭坐在长桌两侧，毫不迟疑地拉开我身旁的椅子。

"珑哥，"我提醒道，"醒醒，你是我的领导，你该去对面坐。"

"不识好歹，"萧珑站起来，边走过去边抱怨道，"我对你一向没架子，你还不乐意了？"

顾杭沉默地看着他，眼神掠过我。

我的上司，以及上司的上司，此刻都坐在了我的对侧。我可以清晰地看见他们的脸，而他们并肩而坐，并不方便揣测对方。

"虽然是顾哥喊我开会，但其实我有两件事想说。"我摆弄着手机壳，看着他们的表情都在微妙地变化。

"行，你先说。"顾杭说，"你这个季度已经被评为部门之星，有什么需求，想要什么奖励，也可以尽管提。"

我笑了笑："第一件事是，三组和六组的领导都想请我吃饭，五组的领导也说了，我如果愿意跳过去，他什么都可以配合。"

萧珑骂了一句，有点烦躁道："我还没表现一下呢，咱得讲讲交情。"

顾杭用眼神示意他闭嘴，我只当没看见，继续往后说："第二件事是，我之前探访过几次陈金薇，她很信任我。所以，她告诉了我，她拿到那笔四千万订单的核心秘密。也多亏她的教导，我才能拥有今天的小成绩。"

他们两人同时坐直，神色有些凝重。

顾杭问："她教会了你什么？"

萧珑说："你一直都有这个能力，应该的。"

我温和地说："销冠的顶级技巧，我要帮她藏好才对。今天只是九百万，以后还可以有更高的记录。"我直起身，一点点倾向他们，双手撑着桌子，笑容平淡，"我是很好取悦的人。我也知道，顾哥希望我回他的一组，萧哥希望我留下。所以，你们现在能逗我开心吗？"

萧珑放弃抵抗，温声道："姑奶奶，你想要什么都行。我对你好不好，你还不知道吗？"

我开玩笑般喊他："小萧。"

"哎。"萧珑应得很干脆，"开心吗？"

我没有回应，缓缓看向顾杭："小顾。"

他凝视着我，许久才绽出一个勉强的笑："哎，敢摸老虎尾巴了？"

这是提条件的最好时刻。他们都已明白，我早已准备多时，即将在勒住他们的同时割走最大的一块利益。那两人都已准备就绪，只等待最后的要价。

我笑起来，说："是我冒昧，不过，从今往后，你也只是小顾了。"

会议室的气氛如同整桶冰块被推入沸水里。无数说不清的情绪和心思都在涌动喷溅，如白雾般拢住所有人。

顾杭的脸色彻底变得难看："现在不适合开玩笑。"

"跟女同事不清不楚，当然算不得什么正经事。"我玩着手机，平静地说，"哪怕有一百个陈金薇喊冤，都未必能让你停职三天。但转卖客户信息，侵吞资产，内幕交易，这些可就不一样了。小顾，精神病院或许不适合你，但监狱管吃管住，生活节奏也更放松些。位置交给我，你去好好休息。"

顾杭像在听笑话，方才的游刃有余开始破碎："你只不过是一个新来的销售，你觉得高层会信？"

"那万一，我不是新来的呢。"我轻轻地问，"顾哥，陈金薇长什么样子，你还记得吗？"

顾杭倏然一愣。

半年前的陈金薇都没有在他心里留下任何痕迹，何况是五年前被他驯服又被抢走客户、赶出公司的小黄。

当天下午，他被警方带走，临走前还在不断地问，我到底是谁。

他变得过激、狂躁，对那些证据百般抵赖，并试图让所有人都想起来我到底是谁。人们怜悯地看着他，并不理会。

我把他送上警车，成为一个帮公司拔除毒瘤、因业绩卓著连升两级的新领导。

"你到底是谁？"他被钳着双手时仍在狂喊，"我见过你对不对？你是，你是——"

"都一样，我可以是小陈，小孟，小黄。"我温和道，"只不过，小顾，你逃得掉吗？"

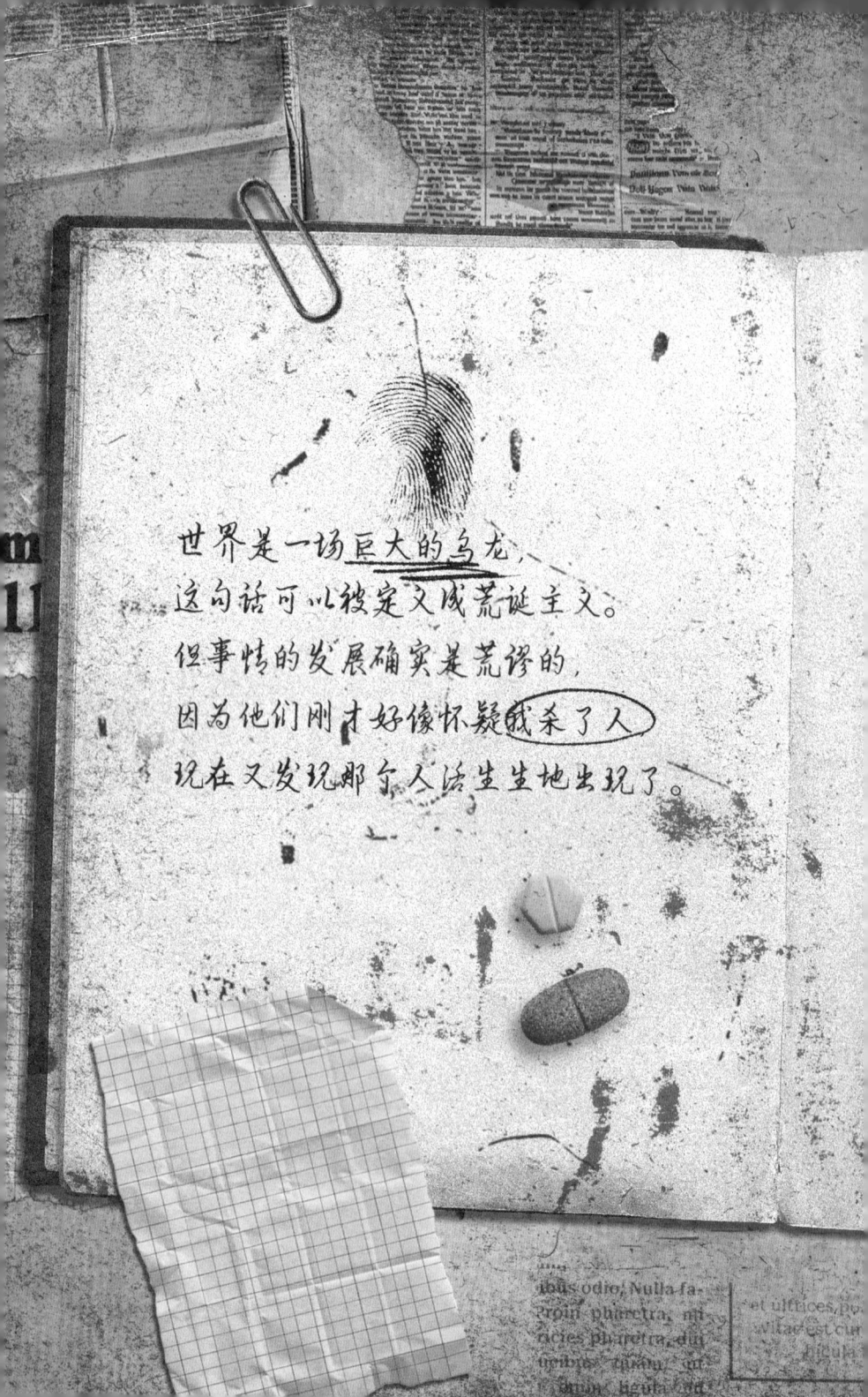

别吵，我在思考

文/量杯煮咖啡

02 别吵，我在思考

文/量杯煮咖啡

1.

139 月 27 日

昨天下雪了，虽然听说今年是个暖冬。

我站在小区车库檐下，看飞扬的雪。

天雾蒙蒙的，但是能看到下午两点的月亮。我觉得很稀奇，一会儿抬头，一会儿低头。那时的月亮不完满，完满的是上帝。你说上帝不存在？上帝有存在证明……我不是有神论者，我只是在陈述论证。

我不知道我为什么会站在那儿，当我注意到的时候，我的身体就在那里，我的精神看着这一切。等下，我不喜欢黑格尔，可别提那个。

孩子？我也不喜欢孩子。

我今天没见过孩子。

眼前神情呆滞的男性明显有些精神问题，实际上，这也是他出现在这里的原因。

今天早上我局接到报案，一名十岁女童在晚上七点五十分左右独自离家，前往距离住处一公里外的超市购买食品，此后一直未归。其母于当晚十点半报警，并举报嫌疑人为其邻居——一个她口中的精神病人。

嫌疑人名叫路季，二十五岁，无业，在我们赶到小区的时候，发现他就坐在小区车库口，仰着头看天。

在我拿出证件证明身份后，他慢悠悠地收起了屁股下的小凳子，跟着我们上了警车。

而与之平淡反应相对应的，是报案人陈萃清的歇斯底里。

据陈萃清所说，路季虽然平时表现得温吞，但其实是个不折不扣的精神病。

"那小子成天不务正业，就知道在家复习复习复习，也没见他考上研究生啊。"

"听说之前是学心理学的，估计是本来就有病所以才学那个。我看见他门口的垃圾袋里装的药盒子，什么盐酸丁？反正我上网搜了，就是精神病吃的。"

"要我说就是现在的年轻人太脆弱，抗压能力太差了，一找不到工作就去考研，还考的哲学，多没用啊！而且今年二次报考了，我看那个哲学分数线挺低啊，连线都过不了，能是认真学习了？我看就是混日子的！"

"为什么觉得是他？警察同志我跟你说他这个人肯定有问题，平时他就喜欢在院子里发呆，我家孩子也是爱聊天，跟他说过几次话，有时候就跟他回家了，说是去玩的。"

"我知道危险啊，但我，我也是有工作要做的，而且他平时不发病也安安静静的，两家也离得近……我只要一下班就会把孩子接回来的，我没有不管孩子的。"

"可我没想到，怎么就今天……我就想着要让孩子自己出去买点吃的，怎么就回不来了……我看见他坐在院里，就过去问他，结果他说他不知道……"

"他撒谎！我亲眼看着他午饭过后就站在楼底下，他怎么可能没看见我家孩子？他八成是犯了病把我家孩子给害了！他就是杀人犯！"

陈萃清号啕大哭，声音回荡在警局里，一旁的女警表情复杂，不知道该如何安慰。

如果她说的是真的，那精神病发作时候发生的杀人案件，很难判。

路季平时独自居住，父母在其他区工作居住。这边的房子是为了方便他考研购买的"老破小"，他的目标院校也在本市，如果考上了，也方便出校来住。

我们在路季的住处发现了许多素描画，大多是风景树木。还有囤积的几种处方药盒，一张写着医嘱详情和电话号码的玫红色薄纸，推测这是路季主治医生的联系方式。

然而电话拨通后，对方却对路季这个名字没什么印象，在努力回忆后也没想到什么，最后还是翻了医院挂号记录，才依稀想到了些相关信息。

"他是因为睡眠问题导致神经衰弱恶化，感知觉存在一定问题，当时躯体化很严重，已经有些影响日常生活了，我当时给出的诊断是有精神分裂的前兆，建议定期复诊，但他好像没再来过。"

"如果他一直没有复诊，但仍旧按照之前开的药单服药，会有助于他的病情恢复吗？还是有可能恶化？"我询问道。

医生沉默了片刻。

"抱歉，这个我没法回答你，具体情况还需要面诊才能确定。我只能说，可能会好，也可能恶化，还可能保持不变。"

在挂断医生的电话后，负责联络社区的同事也传来了消息。

社区并没有找到辖区内路季精神问题的登记，路季并没有向社区报备自己的精神问题。

一般需要向社区报备的精神类疾病往往是比较严重的类型，而根据医生提供的信息来看，路季的情况显然是已经在精神分裂的边缘。

在这种情况下，他却拒绝去医院复诊，也没有去社区报备自己的情况，这样看来，他的确是一个有意隐瞒自己危害性的危险分子。

不过我倒是觉得还有其他的可能性——例如，他在装病。

医院精神科用来判断精神问题的常见手段是面诊谈话加量表，而路季之前是学习心理学的，他有能力故意答出一份让自己的问题看起来不大不小的试卷。

尺度拿捏得刚刚好，不至于直接建档，也同时存在一定的危险性。

而这样做的目的，很有可能是为了预谋犯罪，通过前期表现出的精神方面问题的铺垫，来为日后的罪行开脱。

而且陈萃清在情绪平静后补充，她前几日还听到路季在自己的房间里大喊大叫，也就是在那之后，她不再允许自己的孩子和路季来往。

这种大喊大叫，很有可能也是一种表演——可是路季如此大费周章是想要对谁下手呢？

仅仅想要对邻居家的小孩下手吗？

动机是什么？

他此前明明有多次机会可以动手，为什么会选择这一次？

或许他是想要用精神问题达到无罪或减刑的目的？

所以才会……

从刑侦办案的角度来分析，可能性还有很多，但这些也都只是可能性而已，眼下最需要的是物证。

因为事件发生地是老旧小区，附近街道没有监控，同事已经从附近停放车辆上的行车记录仪下手了，反馈还需要一段时间。

就在这个时候，外出调查的同事回来了。

他在前往超市的必经之路上发现了一件破损的红色外套。

和失踪女童离家时所穿的衣服款式一致。

2.

13 月 28 日

最近我把药停了，不知道为什么，吃完头疼。

擅自停药肯定不是好事，但我本来也没去医院复诊过，我就是我自己的医生。

其实我觉得我的状况还算稳定，至少我不会再觉得自己的手指不自觉地像蛇一样摇曳舞动，这挺好的。

但我的睡眠问题有些严重了，从曾经的睡不着，变成了梦到的场景太真实，甚至偶尔在梦里也有触感和痛觉，梦境与现实的界限变得格外模糊。

我时常会在睁开眼的一瞬间先看向床头的闹钟，用这种方式告诉自己离开了梦境。但我又时常怀疑这种机械性的暗示是否也会成为我梦境的部分开场。

对于梦的理解我不喜欢弗洛伊德，我想到之前看到的一个说法，是关于庄子学说及其心理健康问题的讨论。庄子消极厌世对人生采取虚无主义的态度并幻想摆脱物质与肉体的束缚……

我觉得我还是继续吃药吧。

但我确实不记得什么红衣服。

路季很不配合，对于孩童失踪前后的情况，他仍旧表示一概不知。

从小区结构图来看，女童的行动路线必然会经过路季家的位置，除非有监控证明他当时并不在车库门口。

但陈萃清的口供证明，路季在午饭后大约下午一点多的时候就站在车库门口，下午三点半时坐在了自己带的凳子上，直到我们警方抵达时，他仍旧在室外坐着。

今天天气有点冷，他穿得也厚实，但正常人是不会在零下二十摄氏度的室外发呆九个小时的，所以他应该行动过，以免冻僵。

但他否认了这一点。

"我猜我应该是发病了，不自觉就走到那边了。我不确定是否冷，但我的手的确好像有点发抖，但这也可能是药物后遗症。"

根据医生简单概述的报告和我们在他家发现的药物说明书来看，路季确实会对身体的感知麻木，再加上女孩离家时天色已晚，他没注意到也是有可能的。

但衣服上还有证据指向他。

"这件衣服有破损，是被尖锐物品划开的，而我们也在你的身上发现了一把小刀。衣服领口有一根头发，从长度来看，和你的发型相似，我们已经在做比对了。"

"我劝你最好老实坦白，就算你有精神问题，也是要负法律责任的，不配合审讯对你没好处。"

我盯着路季的表情，试图从他的脸上观察些什么，但他的表情仍旧淡淡的，甚至有些木讷。

"我不知道你想让我坦白什么，我不太理解。"

他皱眉看着我，好像真的无辜。

"你是想说朵朵的身上有我的头发所以我很有嫌疑吗？朵朵会来我家画画，是那个时候粘上的吧，她还把我的铅笔带走了。"

"我兜里的是便携小刀，我习惯性带着。"

他说到这里便停止了，仿佛自己已经解释清楚了一切，好像随身带刀是一件再正常不过的事。

"你为什么习惯性带刀？"我追问道。

他注视着我，随后忽然低头，大口咬住了自己的手腕。

我立刻起身准备制止他，但他却主动松口了，脸上仍旧是面无表情。

"有时候我不确定自己是否清醒，就会用这种手段。刚才我就觉得这场景也太真实了，我平时不看刑侦片的，应该梦不到这种场景，果然我现在不是做梦。"

他抬手，让我看了看他的手腕。在齿痕下有几条浅浅的条状印子，很新鲜的褐色，结痂后脱落不久。

"我不是自残，也没有自杀倾向。"他说，"适当疼痛保持清醒，这是事实。"

看着一脸坦然的他，我忽然觉得局里应该多招几个心理学相关背景的同事，他们或许能更好地理解这个人究竟是精神病还是反社会。

差点忘了，这个人之前就是心理专业的，或许这就是他想让我认为的。

我还是更相信物证。

陈萃清否认了孩子拿路季铅笔的事，在得知警方只发现了破损的衣服后，她的情绪崩溃了，几乎说不出太多有用的内容，大部分时间都在控诉路季的不正常。

"什么叫我孩子拿了他的笔？他想说我家孩子偷他东西吗？绝对不可能！我家孩子不可能做小偷小摸的事！还去他家画画？他有那么好心？平时一点礼貌都没有，跟他打招呼都没个反应……难道他就是觉得我家孩子偷了他的东西才杀了人？我要他偿命！一定是他！只有他和我家孩子走得近，我家从来没有得罪人，谁会对那么小的孩子下手啊！只有他这个精神病！朵朵……妈妈不该让你自己去超市啊，朵朵……"

陈萃清近乎瘫坐在地上，怎么也拉不起来，哭得撕心裂肺，已经开始抽搐。

女警尽力安抚着她的情绪，没有注意到陈萃清的手机来电，还是拉扯时手机滑了出来我们才发现。

来电人显示是陈萃清的妈妈，我们犹豫再三，考虑到陈萃清的状态并不好，只能代为接听，并委婉告知对方孩子的事。

然而电话里面传来了孩子的声音。

3.
139 月 29 日

世界是一场巨大的乌龙，这句话可以被定义成荒诞主义。

但事情的发展确实是荒谬的，因为他们刚才好像怀疑我杀了人，现在又发现那个人活生生地出现了。

因为衣服意外刮破而担心被骂所以偷偷跑到了外婆家，没有联系家里，这种事情很符合刻板印象。

再次，我不喜欢黑格尔，现在是 21 世纪，不应该有任何人失去自由意志成为奴隶，更不存在需要被人依赖的主人。

既然我在这里，那我应该再次报警。

本该结束的事情，因为路季的忽然开口而再度引发混乱。

他说他要举报陈萃清的老公有暴力行为，要求我们为陈萃清验伤，他愿意作证。

陈萃清因刚才过度哭喊而通红的脸色此时正在逐渐变白，她颤颤悠悠地站了起来，却又脱了力一般站立不稳，女警扶住她，却又被她一把甩开。

她朝着路季走过去，嘴唇在发抖，指着对方半天才开口，声音有些沙哑。

"你……我知道你有病，但你不能胡说八道，我是跟我老公偶尔闹矛盾，怎么到你嘴里成了家暴？"

"是，我刚才是误会你了，但你不能这么报复我们吧？你想害我老公？想破坏我的家庭吗？"

路季的脸上露出了些许迷茫，陈萃清见他不言语，便又生出些力气。

"我看你就是妄想！乱想！你别把你脑子里的东西当真了，我好得很，我也没受伤，我要回家了！"

她恶狠狠地瞪着路季，唾了他一口。

"跟你做邻居真是倒了血霉，回去我就研究搬家的事，惹不起我还躲不起吗？"

路季嘴唇微张，好像要说什么，但最后还是没出声。

女警拦住了陈萃清。

"我刚才确实在你身上有看到几处面积不小的淤青，颜色不一致，不像是同一时间出现的。但刚才考虑到你的情绪问题，就没有问你。你还是配合我们检查一下吧。"

路季此时已经摆脱了杀人嫌疑，我看他也顺眼了不少，这大概算是我的职业病。

"你说你要举报陈萃清的丈夫对她有暴力行为，但她自己又否认了这一点，那么你是怎么知道对方家里有暴力行为的？"我询问道。

路季没有看我，只是目视前方。

"我以为这事大家都知道。"他说，"声音太大了，我在家都听得到，那其他人也听得到，朵朵在我家画画时候也听得到。"

"朵朵？"我抓住了关键点，"所以朵朵是因为她父母在打架，才去你家画画的吗？"

他点了点头。

这倒也解释了为什么陈萃清一边怀疑邻居具有危害性，一边又同意女儿去对方家里了——父母吵架甚至动手这种事，的确不好在孩子面前表现。

即便孩子早已对问题心知肚明，但只要不去戳破那层窗户纸，那这个家就是完整的。

这就是大部分夫妻关系不和睦的家庭存在的问题。

"那你之前怎么没报警，到了今天才说？"

我并没有质疑路季的意思，单纯是好奇他的行为动机。而他的脸上露出了茫然。

"我报警了，我记得，我应该报警了，我没有吗？"

他的眉头皱起，这是从我见到他以来他表情变化最大的一次。

"你说你之前报过警，那么你是打给哪个分所的？有没有报案记录？通话记录有吗？"

他开始频繁地眨眼，牙齿咬住了大拇指，似乎在努力地回忆，表情也越发地不自然。

"……我不知道，可能？那是什么时间？哪天？今天是几号？考试前还是考试后？考试前，朵朵画的房子，她脸上有血，她跟我求助了，我同意了，我关了门，然后？对，我报警了，对吗？我吃药了吗？是做梦吗？是考试吗？"

他的语速飞快，我有些抓不到他的重点。

"你把你手机给我，我看下有没有通话记录。"我提出建议。

他无措地把手机递给了我，我大致扫了一下通话记录，大都是未接听的记录，他好像很抗拒接电话。

记录里没有报警痕迹。

"你确实没报过警，除非你用的不是这部手机。"

我把手机还给了他，他的手似乎在发抖。

"你刚才提到了做梦，那你确定你刚才想到的事情都是真的而不是做梦吗？或许是你幻想的暴力，陈萃清身上的伤只是……"

"那不可能。"

他忽然一扫刚才的彷徨，表情变得坚定了许多，眼睛也看向了我。

"我的梦大部分都是我自身压力的表现，和暴力相关的都很光怪陆离，应该是跟我平时看的幻想类文学作品有关，不会和现实的人挂钩。

"我梦到的最多的现实内容，就是高三，一遍又一遍的高三。我不会在现实中伤害别人，也不会在梦里伤害别人，我只会在梦里自杀。所以那一定是真的。"

这是他说话最多的一次，我有点意外，一时不知道如何回应。

还好我的电话响起，打破了尴尬。

是负责联络陈萃清丈夫徐立的人打来的。

徐立的尸体在他家被发现了。

4.

139月30日

很多人看不起小孩子，但他们不承认，只说小孩天真无邪，不可能有心眼，即便他们也是从孩子长大的。

孩子知道的事，比大人以为的多多了。

某些人在教育上长篇大论，认为教育的目的在于使人成为自然人，追求绝对自由平等和善良的环境，可他本人却弃养亲生骨肉。也有人强调行为的重要性，却导致自己的三个孩子结局不幸。而有的人想不出任何的学说，不遵从任何的方法教育，甚至不在乎自己的孩子。

他只想喝酒，她只想忍耐，她只想画画。

这都是一条笔直漆黑的逃避路。一直走一直走，虚假地过家家。

但也会有某刻想要打破黑暗朝外伸出手吧，我看到了那刻，我要回应，但我不记得了。

是我的错吗？

陈萃清的初步伤检报告出来了，多处钝器挫伤，小臂可能有轻微骨裂，新旧伤叠加，所里条件有限，更详细的需要仪器检查。

她始终沉默，没有回答任何问题，直到我们通知她发现了徐立的尸体时，她才有所反应。

"可能是喝多了睡死了吧，今天他又喝了不少，我叫他起来找孩子的时候他也没有起来，可能是那会儿没的吧。"

"人都死了，再查家暴的事也没有意义了，我要回家。"

我们没有让她离开，并且提出要尸检。

刚开始她拒绝了,在得知徐立作为被指控的嫌疑人却刚好在此时死亡,就有必要做尸检后,她叹了口气。

"对,是我杀的人,别查了。"

或许是今晚发生了太多事,陈萃清的心理防线已经全面崩溃,一进审讯室就交代了全部。

徐立确实长年对她有暴力行为,每当她有所预感,就会让孩子出门避开。

她想着,只要得过且过下去,等孩子长大了,能独立了,她就离婚。

但她等不及了,因为徐立最近开始和人打牌赌钱了。

徐立倒也没欠债,只是刚刚接触,而且打牌分散了他的注意力,最近都不怎么打人了,还会和陈萃清开开玩笑。

他说,有人欠了不少钱,躲债,从楼下跳下去,头碎得跟西瓜似的,但他就不会这样。

他说,有人赌上头了,把媳妇都押给人家了,但他不会这样。

他说,有人家里原本有三个孩子,现在就剩一个了,女孩没成年就送人了。不过,他就不会这样。

他不会他不会他不会……

刚结婚的时候他说他不会,可婚后自己身上没一块好肉。酒醒了说下次不会了,下次之后还有下次。

再这样下去,或许,她就等不到朵朵独立成家的那天了。

"……后来我让朵朵去路季家拿点药,她说他家的药特别多,他自己都记不住有几盒,我就让她随便拿一盒。

"我说这不是偷东西,是妈妈最近头疼睡不着,所以想要吃点邻居哥哥的药,这样能睡个好觉,孩子不懂,但她听我的话了。

"她说哥哥没发现她拿了药,但哥哥跟她说不能再拿铅笔了,笔虽然多,但是黑度不一样,用来画树干的14号都快没有了。

"我当时想着,以后我就能给朵朵买许多铅笔,拿了他的也都还回去，都还给他。"

　　陈萃清神情低落，交代了自己是怎么给徐立喝了加了精神类药物粉末的酒，想要伪装成意外死亡，但我仍旧有些疑问。

　　"你没有考虑过，如果尸检发现这种药物成分的话，路季很有可能被我们怀疑？他在言语表述上似乎有些问题，不太能作出有效辩解，我们很可能会因此冤枉了他。"

　　"你是有意栽赃他，还是根本没考虑过这点？"

　　陈萃清的眼睛里忽然有些凶光，可是又突然泄了气。

　　"我恨他。"

　　"我向他求救过，我希望他之前过来帮个忙……那天我真的以为自己会死，我去拍了他的门，他开门了，但他什么都没做。"

　　"是我太傻了，居然指望一个精神病帮我。他不过就是个考不上研究生没有工作的病人，我不该指望他……可他为什么要现在说，我，我不理解……"

　　今夜的泪水大多透支在找女儿的事情上，陈萃清的嗓音沙哑，红肿的眼眶已经干涸。

　　我犹豫着，没有告诉她路季以为自己有帮她报警，但大概是因为发病，让他的记忆混淆了。

　　说了又有什么用呢？

　　毕竟是病人。

5.

140 月 1 日

　　难以置信，居然有人联系了我妈，就因为他们觉得我有精神问题。我的确有问题，但不代表我的问题有这么大……我已经尽量不添麻烦了，为什么别人要给我添麻烦？

　　他们难道觉得自己做的事对吗？

　　或许是对的，但是……

　　停下，停下，不能再想了，没有意义。

那个长着黑痣的警官几乎是看了我一夜,我真是要庆幸今天莫名其妙走到了雪地里,不然我现在一定已经睡着了。

我感觉他对我的态度比一开始好了点,在等我妈接我的时候,他有意和我搭话。

他说我是个安静的人,不怎么爱讲话。

其实我脑子里想的已经够多了。

我知道我的情况属于思维奔逸,如果想到什么就说什么很容易嘴巴跟不上脑子,所以我决定尽可能不说话。他们根本不知道今天我坐在这里想了几万字的东西,人一天能够说的字数大约是两千到两万字,那古代人会说多少字?古代口语和书面语也有很大差别,我应该买什么书?带彩页图片的资料书……被纸张划破手真的很疼……

"还好吧。"我说。

他笑了笑,忽然又问了个很多人问过的问题。

我为什么生病了?

"病来如山倒,病去如抽丝"一般用来形容生病是很突然的事,但我认为精神上的疾病是堆积的,不一定需要什么突然的严重的事情才会产生。因为总是睡不着觉,因为梦做得太真实,因为在梦里一遍遍考试,因为我觉得我可以但分数宣判我不行,因为我的三花猫病死了,因为我生病咳血,因为年轻人的压力不算什么,因为心理问题只不过是精神小感冒,因为饼挂在脖子上却饿死了只能说明他懒不可能是抑郁症……

因为我以为这都是人生再正常不过的事,即便我已经不自觉地会发抖,被脑子里发散的思维搞得头痛,直到走在街上的时候忽然蹲在地上不知所措地落泪喘不上气。

我才知道那不正常。

我才知道那是生病了。

我才知道即便如此也未必有人能理解我。

"没什么,压力大,我这人比较脆弱,抗压能力差。"我笑着回答。

　　他似乎不满意我的回答，还想再说些什么，但我看到了警局门口妈妈的身影，于是快步朝着门外走去。

　　妈妈的帽子上落满了雪花，现在是凌晨，路灯已经熄灭了，她的睫毛结了冰。

　　"你这孩子，怎么被人带到警局来了，没事吧？"

　　我努力用嘴角勾动面部肌肉，让自己的笑看起来自然。

　　"没什么事，都是误会，真要是有问题我肯定出不来了啊，咱们赶紧回去吧。"

　　妈妈越过我对着黑痣警官点了点头，像是打了个招呼，我也学着她的样子回头，咧嘴笑着挥手，跟他告别。

　　他好像很惊讶，但我不在乎。

　　"你爸也说要过来，但是他公司有事我就没让他来，你说你，我还以为你又做了什么，可你看着没什么问题嘛。"

　　妈妈一上车就开始碎碎念："你的药还是少吃点，越吃脑袋越不灵光。而且咱家条件算不错的，这才把你养出了这种富贵病，你看你家隔壁这事，哎呀真吓人，她家小孩以后可怎么办，还能不能有前途了。你可得早点好，别让我们担心。"

　　她的嘴唇一张一合的，但声音渐渐听不清了，我只听得见自己脑子里的话。

　　妈妈如果你没有从小要求我什么都要做得最好、做得最棒，必须要做一个优秀的人，没有让我少交朋友、少玩游戏、多看书，我会不会更快乐？可什么是快乐？物质优渥的人未必快乐，精神贫瘠的人未必快乐，大家都不快乐。你也不在乎此刻的我究竟想要什么样的快乐。

　　"哎呀我知道的，我心里有数，肯定不会让你们担心的，我这不是挺正常的吗？"

　　我回答着，我听见我的声音是笑着的，我看见妈妈对我的反应是满意的。

即便我确诊了，即便我记不住时间，即便我就快分不清梦境与现实，即便我通过伤害自己来寻找真实的世界，即便我的脑子乱作一团，即便我的身体好像失控了，即便我崩溃地大发脾气……

你们只是用无奈的眼神看着我。

"你没什么病，就是情绪不好，谁都会这样，以后别这样了，别让人误会你是精神病。"

好的，那我会是正常的样子，至少在你们面前。

毕达哥拉斯认为许多等待转世的灵魂藏在豆子里，所以他在死到临头时，仍旧没有去破坏面前任何一颗豌豆。这种行为在当时的人眼中大概也是一种精神问题，但在后人眼里，他只是伟大的哲学家和数学家。

辨证的，时代局限性的，螺旋的，无法证明此事必然为此事的，不被接受的，不被观测的，蒙上双眼的，无法说明这个家里的我是不健康的。

"我们回家吧，妈妈。"

"爱你。"

"嗯，我也爱你。"

曾经，我总在想，
如果可以什么都听不见就好了。
我的世界将会是安静的、和平的。
没有声音可以袭击我
没有声音可以令我震颤。

文/炉火红红

苦夏

03

03 苦夏

文/炉火红红

1.
6月20日
我曾经喜欢夏天。

蝉在鸣叫,晚霞铺开橘色的光,大自然换了一副装束,美丽极了。

后来……烈日、闷热、混乱、争吵……

我讨厌夏天。

进入七八月,苦夏现象越来越普遍。

由于气温升高,人体的调节中枢接收到高温信号,为了维持正常体温,自主神经必须提高警惕,兢兢业业地指挥身体排汗、增强呼吸,以此来释放热量。

整个过程需要消耗人体大量能量,因此人们会感到四肢无力、疲乏怠倦。严格来说,苦夏并不是病,不过,人要是一整天无精打采的,总归不怎么舒坦不是?

话说回来，为了度过苦夏，市里游泳池爆满不说，海里、河里也跟下饺子似的。

青石小学放暑假还没十天，我们所有老师每天都被校长耳提面命，要么是写材料上报，要么是联系家长提醒他们不要带孩子下河。

我是青石小学新招补缺的自然课老师，兼教体育，刚来三个月。暑假的第十天晚上，我爸打电话说我妈中暑晕倒，进了医院，吓得我匆忙赶回了家，却发现是我妈的套路，让我回家相亲。

我的老家在山脚下，山风清凉，比学校舒适，我索性把工作群消息设置成折叠，心想如果有急事，校长应该会打我电话，于是舒舒服服过了九天没有工作打扰的避暑日子。

在回学校的火车上，我才注意到这几天居然一个来电也没收到。

这不正常。

A市今年刚提为县级市，还没发展起来，青石小学里的学生大多是留守儿童，或是单亲家庭，一学期下来，矛盾冲突层出不穷：有的家长想让孩子休学，帮家里看店；有的家长存在施虐行为，孩子成天带伤。

对于这些，学校不能不管，也不能太管，只苦了我们这帮老师，办公室里成天鸡飞狗跳，手机响个不停。

更何况一放暑假，孩子和家长相处更久，矛盾容易爆发升级。我蹙紧眉头，点开工作群，果不其然，学校出了件大事，校长焦头烂额，压根没想起我这个新人。

施思琪死了。

是溺死的。

施思琪是青石小学五年级的学生，上过我的自然课和体育课。在火车上的两个小时，我一条条看完了这几天群里的聊天记录，拼凑出事件全貌——

施思琪的父亲施伟，母亲谢静，两人都在市里工作，收入中等。他们计划趁孩子放暑假，一家人开车去山里避暑。路上，车内空调故障，谢静抱怨施伟粗心，没有提前检修，施伟指责谢静无理取闹，两人随即冷战。

　　如果放在平时，这事大抵就这样过去了，但是暑热难忍，吊得人一口火气憋在心头。

　　在车内无尽的沉默中，施伟脾气上头，索性停下，把妻子和女儿赶下了车，作势掉头回家。然而，坏就坏在他停车的地方是一座石桥。

　　石桥年代久远，非常狭窄，没有护栏，车头的方向打得太偏，导致桥面供人站立的空间只有两个脚掌宽。

　　施思琪下车后站得偏，车身逼近时，她正好在看桥下流动的河水，结果被缓慢移动的车从后背搡了一把，掉下了桥。

　　警方推断，施思琪掉下去时发出了声音，但谢静当时正在拍车窗玻璃让施伟停车，巨大的动静让他们谁都没注意到女儿的尖叫。

　　河不算深，原本淹没不过施思琪的头顶，她掉下来时头部撞到河底的石头，晕了过去，于是溺死在河里。

　　本来，一切事实清晰，有监控为证。施伟一开始坚称是意外，警方认为他存在明显的过失行为，足以构成过失杀人。施伟不说话了，连续四小时一个字也没说，直到警方给他看事发监控，他却突然翻了供。

　　施伟觉得女儿也许是自杀。

　　我感觉一阵不舒服。

　　人的心理天生有防御机制，为了逃避愧疚，逃避内心的拷问，施伟会想方设法证明女儿的死与自己无关，无可厚非。我只是没想到他会搬出"自杀"这个说法。

　　施伟说，最近施思琪身上总是莫名其妙出现很多伤，问她原因，她只回答是自己不小心摔的。

最重要的是，之所以认定"过失杀人"，是因为监控画面上施思琪坠落的位置、时间，都和车身逼近的位置、时间吻合，可当时没有其他目击证人，由于角度问题，监控没有拍到车身碰上施思琪，没有拍到她当时的状态，无法判断她是自愿跳下还是被迫坠落。

自然，也就无法判断过失杀人是否成立。

事件就这样僵住了。

我回到学校。暑假期间，青石小学像无人光临的游乐园，安静得发白。

我进教学楼之前忍不住回头望了一眼，青石小学的占地面积不大，操场上南北两边各立一个篮球架，充作篮球场。

在我的记忆里，施思琪长着一张鹅蛋脸，总是用橙红缎带发绳束起高马尾，打篮球一点儿不输男生，是个活泼姑娘，笑容甜美。

掐捏眼窝，我走上三楼，路过二楼楼梯口时，视线瞟见走廊尽头站着一道人影。

她双眼通红，正盯着手臂上的青紫发怔，湖蓝色的缎带发绳系在麻花辫尾梢上，看见我，她的第一个反应是低头别开目光，身体不自觉紧绷。

像是觉得这样不礼貌，她又向我弯了弯腰。

"孙老师好。"她说。

她的声音很小，我点头回应，没来得及说些什么，她已经转身快步走进教室。内向的孩子大多会避免和老师接触，下意识减弱自己的存在感，不过教自然课时，我仍然注意到了她，她的名字叫施雨涵。

施思琪的双胞胎姐姐。

2.

7月1日

思琪曾经说，一切都会过去的，只要我们运用那个"小妙招"。

我相信她，她的主意总是很多，每次都很有用，也不会给任何人添麻烦。

我忐忑地抱住了她。

室外蝉鸣阵阵，室内空调年久失修，轰隆叫唤，坐在教师办公室没一会儿，背上就得沁一层汗。

我推门进去，李老师"噌"地从工位上抬头，一把拽住我的胳膊，掌心发汗。

"等会儿警察询问，你陪我一块儿吧！"

李老师比我大两岁，汉语言文学硕士毕业，在学校闲暇时兼修了一门心理学，上学期被校长一拍脑门，拎去开设"心灵治愈角"，学生有需要就可以找她做心理咨询——也就是聊天。

作为施思琪的班主任，她这阵子显然纷扰不断，两眼一片乌青，尤其是施伟翻供后，家长群里已经有人质问学校是不是有校园霸凌现象，又或是学校给孩子压力太大，等等。

无论哪一种，班主任都难辞其咎。

李老师满眼可怜，我连忙答应，她才疲惫地说了声谢谢，整个人近乎瘫在桌面。

我给她倒了杯水，问道："施雨涵怎么在学校？"

她有气无力："父母被警方传唤问话，施雨涵没人带，刚发生这种事，不敢让孩子一个人在家，校长主动提出让施雨涵来学校，调查询问结束后他们再来接。你刚才看见她了？是不是吓了一跳，以为施思琪活过来了？"

我笑说："那倒没有。"

施雨涵和施思琪是双胞胎姐妹，长得确实相像，却不容易混淆。两人性格不一样，随着年龄增长，面相上就有了区分。

过了半小时，两名警察敲响办公室的门。

事情发生后没几天，他们就来学校了解过情况，如今面对施伟的辩解，警方的询问方向显然有了转变，他们似乎想要详细了解施思琪的家庭状况。

"李老师，上学期您曾经对施思琪进行过家访，是吗？"得到肯定回答后，警察问道，"您去家访的具体原因是什么？"

我隐约感觉他们怀疑李老师发现了异常才决定家访，李老师大概和我同感，摇头说："我接替休产假的同事做班主任，按照学校规定，新班主任要在学期内对班上所有学生进行家访，而且在我看来，施思琪的家庭环境特别正常。"

李老师说，她班上学生的家庭背景差异很大，有的孩子家庭条件优越，平时父母有求必应，性格难免盛气凌人；也有孩子属于贫困家庭，自惭自卑；还有的家庭条件中等，但父亲有暴力倾向，打完妻子打孩子，一地鸡毛。

相比之下，施伟和谢静都是本地人，平时常陪在孩子身边，工作稳定，不骄不躁的，从来没听说有家暴之类的行为，顶多夫妻俩拌拌嘴，冷战个几天，再正常不过，班上的同学、家长都很羡慕这家人。

警察问："也就是说，他们两人平时会吵架，但没有上升到动手的程度？"

"是的，我去家访的时候，夫妻俩都很热情，看起来相处和睦。"

"能描述一下细节吗？比如家访过程中，发生让你印象深刻的事。"

"要说印象深刻的事……"李老师皱起眉，回忆道，"中途思琪爸爸不小心打翻了热水壶，思琪妈妈责备了几句，他也没吭声，之后十分钟两人没有任何交流，我说了几句调节气氛的玩笑话，他们借坡下驴，相互还是有说有笑。"

其中一个警察在本子上记了些什么，突然问："那您知道，施思琪身上的摔伤是怎么回事吗？"

说到这个话题，我明显感到身边的李老师挺直腰背，有一肚子话要说。

"思琪确实是在学校摔伤的，但真不是校园霸凌，这孩子活泼好动，喜欢打篮球，免不了磕磕绊绊，"她转向我，急切地说，"你说是吧，孙老师？"

"是。"

李老师特意问我一句，是因为我曾经送过施思琪去医务室。

警察点点头，我又补充了一句："施雨涵也不时摔伤，我送她们去医务室那次，姐妹俩一块儿被花坛绊倒摔了一跤，校医说不严重。"

提到施雨涵，警察显然更有兴趣："可以说说这对双胞胎姐妹吗？对她们有什么印象？"

双胞胎罕见，自入学起，全体师生都知道这对长相一模一样的姐妹，擦肩而过还会忍不住回头看一眼。

姐姐施雨涵内向敏感，不爱说话。妹妹施思琪大大咧咧，在很短时间里就能和集体打成一片，而且成绩更好，也就更受老师同学喜欢。

我和李老师似有所感，果不其然，警察接着问："您认为，施雨涵对施思琪有嫉妒的情绪吗？"

"我觉得没有，"李老师提高音量，"她们感情很好，几乎形影不离，雨涵朋友少，思琪总会撇下自己的朋友去陪她，雨涵也只有和她在一块儿的时候话能多些，您这是在怀疑……"

我抱起手臂，问警方这几天是不是有新线索，两位警察对视一眼，笑说："只是例行公事，这家人出游那天，其实施雨涵也去了。"

不过，她没在车上。

由于苦夏，加上晕车，那天施雨涵留在山脚下的民宿里，没跟着进山。

民宿没装监控，又是旅游旺季，老板娘忙得团团转，谁也说不清事发时施雨涵有没有偷偷溜出来,是不是一直待在房间里。

老板娘见他们没退宿,又一直不回来,打电话询问才知道出了事,当时她急忙进房找施雨涵,发现孩子睡觉没开空调,浑身汗湿地倒在床上,中暑了。

我在大学时看过不少推理小说,一对双胞胎,妹妹各方面都比姐姐讨喜,姐姐没有不在场证明,一切都很容易让人联想到恶童。

不过……

虽然只教过几次课,见过几次面,但我觉得施雨涵不会产生这种恶念——她分明是个眼神纯净的孩子,我教自然课经常用多媒体,有时播一段鲸鱼群游的歌声,有时放一段南非草原的纪录片,台下学生兴奋得哇哇直叫,施雨涵则很安静,专注地盯着投影幕布,用她发亮的眼眸目不转睛地注视着。

她不是会做坏事的孩子。

警方转移话题,最后问道:"李老师,听校长说,上学期您设立了'心灵治愈角',向全校学生开放。我想知道,施雨涵或者施思琪有找过您做心理咨询吗?"

"没有的。"李老师说。

我背脊一僵,讶然看向同事,不理解她为什么要说谎。

我亲眼看到,施雨涵和施思琪曾经手牵着手,来到她面前,仰头说,老师,可以和我们聊一聊吗?

3.

7月20日

曾经,我总在想,如果可以什么都听不见就好了。

我的世界将会是安静的、和平的。

没有声音可以袭击我,没有声音可以令我震颤。

我仔细观察了一会儿李老师,看得她一脸莫名,悄悄问我是不是她有哪儿说得不对,我说不是,她大松口气,陪着我送两位警察出校门。

我发现她并不是说谎,而是忘记了。

她忘记了那两个孩子曾经求救过。

大约是放暑假前的一个月,班上有个酗酒的父亲来闹事,说李老师挑唆孩子叛逆,儿子要把老子告上法庭,接连吵了几天。施雨涵和施思琪来找她时,话刚起头,外面有学生跑来报告说保安正拦着那家长,李老师赶忙跑去处理。

我当时匆匆路过,不知道后续如何,从眼下来看,李老师忙晕了头,而那姐妹俩被打断后,也没再来找过她。

为什么不再找第二次?

是因为遭受过一次忽视,失望了吗?

我走到教室外面,透过窗户,看见施雨涵正坐在座位上,低头一下下拨弄发尾的缎带。生活老师问她饿不饿,要不要吃点心,她摇摇头,拿起笔开始写作业册。

忽然,楼下传来一阵响亮的喊叫声,施雨涵浑身一激灵,四肢瑟缩,朝着操场惊惶望去。

我快步下楼,发现是一帮学生在打篮球,有男生也有女生。高个儿男生起跳投篮,是一记漂亮的三分球,队友一个挨一个扑上前揉他的脑袋。

我认出来他是李老师班上的学生,名叫胡小言。

是那位酗酒父亲的孩子。

体育老师天然与学生挨得近,我站了五分钟,被他们拉上场当陪练。场间休息时,我指指教学楼,问他们能不能也邀请施雨涵加入,他们面面相觑,挠头说:"施思琪会打篮球还好,可是施雨涵……她们俩跟我们不是一个世界的。"

我怔愣片刻:"为什么不是一个世界?不都是同班同学吗?"

"她们家庭条件好,成绩也好,爸爸妈妈都陪在身边,还不会动手打人。"

他们一项项数过来，末了，表达了一通羡慕，好像背诵习题册末尾的答案一样。

我眉头越夹越紧，明白了，在我之前，有无数大人向他们投来同情的目光，对他们讲"缺少父母陪伴是不是很孤单？可怜的孩子""父母离异了？哎，造孽啊，肯定很羡慕别人家庭圆满吧"，如果他们反驳，就会得到困惑的诘问——"你怎么会不孤单呢，怎么会不难受呢？"

少年的心思敏锐，他们从大人的神态、语气中摸索出了标准答案。

是的，我很羡慕，是的，我很想念爸妈，要是他们能陪在我身边就好了。

得到满意答案的大人餍足而去，孩子留得一片清净地，皆大欢喜。

我沉默半晌，问："那你们觉得，施雨涵快乐吗？"

他们呆愣了一会儿，第一次被问这种问题，显得毫无防备，许久后摇了摇头。

我又问："你们觉得自己快乐吗？"

"反正我每天过得挺乐呵的，姥姥虽然整天骂我不争气，但会往我书包里塞零钱，让我请同学吃好吃的。"

有个女生率先回答，话匣子打开，大多数孩子觉得自己现在的日子很幸福。

我转向胡小言，询问他的想法，他想了一想说："前几个月，我天天被我爸揍，痛得我一度想死，后来李老师跟我说可以用法律保护自己，还帮我报了警，现在能出来和同学一起玩儿，我觉得已经很好了。"

他们彼此做伴，打打闹闹，他们不曾真正羡慕过那对双胞胎姐妹。

我无法不对她们产生同情。

因为足够正常，她们被老师忽视，被同学排在圈子外头，我开始意识到为什么她们不再找李老师了。

那天胡小言父亲来闹，让她们第一次直面他人的不堪。

她们被虚假的羡慕包裹着，开始自我谴责，尤其是施雨涵，内向的孩子会对外界反应格外敏感，班主任忙碌的背影、胡小言满身的伤痕、同学偶尔飘来的目光，一切的一切都在暗示她：你没有资格霸占老师的时间，没有资格不正常，因为比你惨的大有人在。

我长叹一口气，知了隐在绿荫里吱吱鸣叫，不知这个溽热的夏天什么时候才会过去。

施雨涵听到他人的叫喊时，显得神经很紧张，我猜测与她父母时常不和有关，本想和李老师说一说，打篮球的学生缠着我做比赛裁判，一时耽搁住了。

我是被楼上的吵闹声吸引去注意力的，等赶到办公室时，正好听见施伟在怒吼："我没有杀思琪，没有！"

谢静像个疯子一样扑上去："就是你，就是你！杀人犯，快来抓杀人犯啊！"

李老师手忙脚乱，我赶忙上前帮衬，把两人拉开。看情况，这夫妻俩结束了警察的询问，来接施雨涵回家，到了学校，不知怎么又吵了起来。

施伟主张校园霸凌逼死了女儿，而谢静明显不这么想，认为他在推卸责任，两人用尽全力为女儿的死亡找一个出口，慌张极了。

人处于慌张状态时，没有任何形象可言。施伟双目布满血丝，衬衫湿透；谢静蓬头垢面，发夹松松地歪在脑后，看上去神志不清。我直觉这样争吵不行，来不及出声阻止，远处骤然响起"咚"的一声巨大动静。

这对夫妻安静了。

我全身过电一般，冲去教室，发现施雨涵不在，直至来到走廊尽头，向下看去，孩子倒在二楼的楼梯口，摔破了额头。她把四肢蜷缩在胸前，像抱住了什么。

急救车到得很快，我和李老师驱车陪同。医生在路上给施雨涵做了应急处理，下车时，她已经醒了，施伟和谢静一人一边握住女儿的手，默默无言。

施雨涵的伤口需要缝针，趁着等候的空当，李老师忙着向校长申请给学校楼梯做防滑处理。我等她打完电话，说："防滑可能没有用，我觉得施雨涵是故意摔下去的。"

李老师怔住："为什么？"

我说："为了让父母停止争吵。"

起初她表现出无法理解，略微一想，明白了，嘴唇张张合合，沉默下去，手掌在脸上来回揉搓，抱住头颅。

"你知道'非自杀性自伤行为'吗？在没有自杀意图的情况下，直接、故意、反复伤害自己身体的行为。不少父母认为孩子的自伤是因为看到朋友或他人有自伤而跟着模仿，但是他们错了，导致自伤的真正原因是个体内部动机，这是孩子们在用无声的方式痛哭或呼救。如果我早点听到她们的求救声就好了……"

"不能怪你。"

我安慰她，仓皇从兜里掏纸巾，正巧谢静的声音从急诊室帘子后面传来："让你买消毒湿巾，你给我买普通的有什么用？你脑子被狗啃了？"

"人家医生说了，什么纸都行，你有完没完？"施伟压着嗓门，每个字都像点着火，"这里是医院，雨涵刚缝完针，你非要这时候找茬吗？"

两个人显然都在极力克制，却没什么用，不少过往的人瞥来一眼，收回目光，又瞥过来，然后再也不掩饰了，整个急救室震惊的视线凝固在这家人身上——施雨涵突然尖叫，她坐在床上背靠着枕头，无缘无故开始尖叫，像一把刺戳痛耳膜，叫人心慌。

医生闻声赶来问是什么事，谢静连连道歉，轻声哄着孩子，可孩子不听，没办法，她伸手捂住女儿的嘴，尖叫声没有了，心慌也没有了，渐渐地，施雨涵停止挣扎，安静地坐着。

李老师神情严肃，表示希望可以避开孩子，和夫妻俩认真谈谈，他们同意了。

我坐在施雨涵床边，她此刻很安静，和上午眼睛红肿时的状态有一点不一样，我觉得施雨涵已经意识到，自我伤害再也不能阻止父母争吵，妹妹的死亡是一道过不去的坎，这个家注定会像沙子城堡一样坍塌、消散。

"雨涵，等你伤好了，想出去玩儿吗？"我有些急切，"难得放暑假，虽然爸爸妈妈最近比较忙，可能没有时间，不过老师可以带你玩儿，你有想去的地方吗？"

施雨涵看向我，一时间，我以为她会拒绝。

"我想去水族馆。"她用稚嫩的声音，轻轻说道。

4.

7月20日

现在，我总在想，如果我什么都没有看到就好了。

那样我就可以自己骗自己，假装一切都和我没有关系。

但是，不可以。

我要说出这一切，我要写下这一切。

因为我才是罪魁祸首。

休养一周后，施雨涵的伤口基本恢复。去水族馆那天，她用缎带给自己编了扎高的麻花辫，红蓝相间，肩上斜挎贝壳小包，上面挂有两个吊脚青蛙玩偶，一个浅黄色，一个淡绿色，显然是一对儿。

我认出那个浅黄色玩偶，灰扑扑的，它先前挂在施思琪包上，跟着主人四处撒野。

大部分家庭喜欢把双胞胎打扮得一模一样，不过施伟和谢静这方面很随性，一切由孩子决定，会选择买成对的饰品、挂件，是因为姐妹两人自己喜欢。

她们确实感情很好。

暑假期间水族馆人很多，我时刻注意施雨涵，免得她走丢，后来发现没有必要。

施雨涵一点儿不乱跑，像海月水母一样在拱形玻璃通道里来回逡巡，除非我特意招呼，她才会走过来看一会儿我指向的地方，然后微笑，说挺有意思的，接着走动片刻，又回到通道里。

于是我也过去，仰头打量四周。

市里花了大价钱打造这个"海底隧道"，站在里面，流水顷刻占据视线，我忽然生出一个念头——施雨涵选择来水族馆，是因为她想在这玻璃通道里，想象妹妹坠河后，被水包裹的感觉吗？

我提议去一楼的饮品店买冰激凌，她点头说好。

今天整个游玩过程，施雨涵都显得很平静。这不正常，只有在医院尖叫时我才觉得她是正常的，但她已经不会再尖叫了。

看着对面低头舀冰激凌的孩子，我犹豫片刻，说："你有话想对老师说，对吗？"

施雨涵是想倾诉的，答应来水族馆，就是为了把话说给我听。我注意到她握住勺子的手微微颤抖，嘴唇发白。

不能急，在她决定说之前，我不能让她有一丁点儿压力，尽管答案呼之欲出——

你看见施思琪被车挤下了桥，掉进河里，对不对？

如同印证我的猜测一般，施雨涵抬起眼睛，嘴角抽动。

她说："老师，如果我什么都没有看到就好了。"

施雨涵害怕争吵的声音。

父母在争吵的时候，平时的冷静、自持通通不见，只剩下情绪悬在钢丝上，发生什么事都不奇怪。她想象着父母相互殴打、血肉横飞的画面，她被吓住了，尽管这些一次也没有发生过。

施伟和谢静并不经常互骂，许多时候只冷战，那更可怕，他们什么都没说，又什么都说了。

空气是凝滞的，她不能呼吸了。

相比之下，施思琪心态更好，一见家里气氛不对，她就拉着姐姐躲进房间，躲进被窝里，把所有声音隔绝在外面。

两个人手牵着手，她小声安慰，说没事的，没事的，一切都会过去的。

然而，氛围的可怕之处，就在于它无处不在。

眼见姐姐精神压力越来越大，施思琪提出找李老师帮忙，却正巧碰上胡小言的事，施雨涵退却了，害怕收到别人责怪的目光。

后来，有一次施思琪打球受伤，那时施伟和谢静已经三天互不理睬，但为了照顾女儿，不得不交谈，无形中给了彼此台阶下，夫妻俩和好如初的那一刻，施思琪眼眸放光，兴高采烈地对施雨涵说："我找到好方法了！"

从那以后，每次父母发生龃龉，她们就想办法让自己受伤。

我听完一阵苦涩，在没有大人引导的情况下，两个孩子只能自己想解决方法——想出不成熟、极端、却又无可奈何的办法。

我是在确认了她们两人有非自杀性自伤行为之后想到的，既然厌恶家庭争吵，她们就不会喜欢暑假家庭出游，因为出门在外，一路上有太多会引起分歧的细节，为了避免这些，这对姐妹一定会做些什么。

施雨涵说，那天，她们计划用溺水来逼父母尽快回程，又怕河太深，真的闹出事，所以施雨涵假装精神萎靡，留在民宿里，找机会先去试试河的深浅。施思琪下车后站在桥边，面向着河流，是因为看见了桥下的姐姐，她扬起笑容，偷偷晃动手掌，丝毫没有注意背后靠近的车身。

施伟和谢静在河岸边找到了施思琪的尸体。

他们以为尸体是被水流冲上来的，谁也没有想到，施雨涵眼睁睁看见妹妹被搡了一把，掉下河里。

她疯狂奔进水里救人，一边跑一边呼救，但呼救被水流声盖住，一点用也没有，感觉像过了一个世纪，她不知道自己哪来的力气把妹妹拖上岸，可施思琪没有反应，已经死了。

施雨涵吓坏了。

第一个反应是逃跑，回过神来时，她缩在民宿房间的被子里，瑟瑟发抖，被窝里温度越堆越高，没过一会儿，眼皮越来越沉，施雨涵中暑失去意识。

她身上的水一半在路上蒸发，一半沾湿被褥，错让老板娘以为是脱水出的汗。

等再醒来，施雨涵才发现一切都不是梦。

晚上爸爸回到家，大声喊："思琪是自杀！不是我！我什么错也没有，谁看见她被我的车推下去了，谁看见了？"

施雨涵跌坐在门后，无声哭泣。

她看到了一切，只有她看到了一切。

我不知道该说什么，任何语言都是苍白的。施雨涵慢慢舀了一勺冰激凌，放进嘴里，良久，笑了一笑："老师，如果我能像思琪一样就好了。"

"每个人都是独一无二的，思琪很好，你也很好，你没有任何错。"

"谢谢您，孙老师，我一直想把这件事告诉别人，今天终于说出来了。"施雨涵双手在胸前轻轻握住，肩膀向前蜷缩，"以前有事情，我可以和思琪说，现在……"

她的姿势像抱住了什么，我反应过来这是她的下意识动作，从出生起，双胞胎姐妹共享相似的外貌、相似的成长经历，互为一半。

施思琪不在了,那个位置永远缺失了一块。

"下学期的自然课,我打算向校长申请户外活动,"我攥紧掌心说,"带你们去野外看看,这个世界很大,有很多奇妙的东西,森林、动物、昆虫……它们足够丰富,一定可以给你带来些什么。"

"好。"她笑着说,"孙老师,我最喜欢你的自然课了。"

5.
7月25日
爸爸妈妈,对不起。
孙老师,对不起。
李老师,对不起。
可是,我好想念思琪。

我独自去了施雨涵的家。在我的陪伴下,施雨涵把她的日记给了施伟夫妻。

我不知道施雨涵在那本日记里写了什么,也幻想过他们看完日记会把我赶出去,或是质问我是不是在故意引导施雨涵将一切都怪罪在他们身上。

然而没有,经过最开始的崩溃,他们倏然将自己关进家门,任由我带走了施雨涵。

一周后门打开了,施伟夫妻俩去民政局办离婚。随后,谢静陪施雨涵去了A市著名的心理咨询医院。

施伟向警方自首,承认过失杀人,他说当时其实隐约感觉到车撞上了东西,以为是石头,等发现出事后更加不敢面对。

真相水落石出,一切尘埃落定,我却越来越提不起精神。

苦夏抹入窗户,乌泱泱兜向大脑皮层,撩拨着人残留的意识。

所有老师沉默着,疲惫,无力,我瞥见李老师偷偷抹眼泪,辞职信躺在抽屉里,拿起又放。

苦夏太苦了，太厉害了。

我抹了一把脸，打电话找师傅来修空调，然后站起身。

教师办公室东侧的墙上嵌有一块大黑板，有什么通知或是安排，校长会写在上面提醒大家。

我用力把上面残留的字擦干净，黑板擦的一角秃噜了，金属边框划过黑板发出尖锐刺耳的剐蹭声，同事们抬起头向我转了过来。

拿起粉笔，我抡圆胳膊，用尽可能大的笔画占满黑板，下笔的时候脑子里不断闪过施思琪的笑容，闪过她在自然课上闪闪发光的眼神，那是一个如此热爱世界的孩子啊。

最后一笔写完，不知是谁哭了出来——

每一个孩子都值得被看见。

语读

我张开嘴,听见自己的声音,
以一种极为陌生的方式从胸腔冒了出来。
我说,我活该。

04

文/朱奕璇

众
口

04 众口

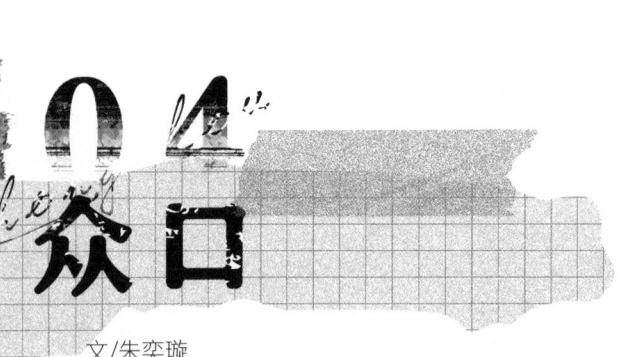

文/朱奕璇

1.

2024 年 1 月 4 日

今天我如往常一般打开电脑,登录后台账号。

成百上千个小号一起在后台登录,微信群里,成百上千个联系人等着我的消息,他们每个人都像我一样,有着成百上千个小号,加了几十上百个群,认识成千上万个人。

无数的账号、无数的人们潜藏在互联网的黑夜里,眨着鲜红的眼睛,用饥渴的目光寻找着下一个目标。

我们汇在一起,就是一股无可阻挡的网络力量。

在这个时代,谁掌握了舆论,谁就掌握了财富密码。

而对于我们来说,谁出价最高,我们就服务于谁。

这是我常壬作为职业水军的信条。

我缩在房间里。

突然,房门响了。

"您好，您的外卖。"屋外的人说。

我看了眼电脑桌面上的时间：2025年1月4日。

我松开了手里的鼠标，从电脑前站起身来，往门口走去。这并不是一段容易的路程，从电脑桌走到门口，只有短短十米，却像跋山涉水般困难。

过了一会儿，外卖员以为我没听见，又敲了敲门，喊道："您好，您的外卖。"

"来了。"我不耐烦地应了一声，终于跋涉到门口，打开了门。

门口的人露出了我司空见惯的神情：惊讶、同情，以及一丝鄙夷与恐惧。

我知道他的视线里是什么，那是一个正常人绝不该拥有的房间：一个被杂物淹没的房间。

锅碗瓢盆、日常用具，甚至还有各色垃圾，所有的一切都挤挤挨挨地堆在一起，空气里飘着一股难闻的气息。

除此之外，还堆着难以计数的纸张、字条、笔记本，或雪白或泛黄的纸张上堆满了字句，每一个句子，都是辱骂。

件件杂物、句句脏话堆满了这个逼仄的空间，导致没有一条宽敞的路可走。

门口的人看着我，我也看着他，皱起眉头——他没有穿外卖服，也没拿食物。

突然，我认出了这张脸——他不是外卖员，他是去年调查过我的私家侦探。

"好久不见。"他说，"还记得我吗？我是霍真。"

2.

2024年1月11日

今天凌晨五点，我就接到了一个单。

下单人的ID是"绿兔子"，头像是一只沙包大的拳头。

我不知道下单人的真实身份，也不打算去查。

在这行，匿名很常见。越接触舆论的人，就越害怕深陷舆论，就越想保护自己的信息、远离互联网，因为没人比他们更清楚舆论的力量。

唾沫星子能淹死人。

下单人发来一张照片，照片里是一个叫宋欣欣的女孩，就读嵩明理工大学2023级汉语言文学四班。

女孩儿年轻、朝气蓬勃、洋溢着生机。她穿着一件雪似的白裙子，面对着镜头，人畜无害地笑着，看起来是如此的不谙世事，不知道什么样的未来在等着她。

"为什么？"我忍不住多嘴问了一句。

刚问出口，我就有些后悔了，一个匿名的下单人怎么会轻易透露自己的信息呢？

那头沉默了一会儿，一行字出现在了聊天框里。

下单人说："她是我的舍友。"

没有更多的信息了，但只这一句，就已经足够了。

现在的大学宿舍中，有矛盾是常事。但恨到发动舆论、逼对方退学的事，还是少见了。

不过，我做这份工作，不是为了做道德评判的。

谁付钱，我给谁办事。

我要开始干活儿了。

私家侦探霍真走进了我逼仄的房间。

我勉强在沙发附近清理出了一块地方，供他和我面对面地坐下。

他有些不太舒适地缩在两叠笔记本中间，每个笔记本上都写满了辱骂的话。

任何一个正常人都不会允许自己活在这样窒息、压迫的环境中。

但可惜，我不是正常人。

霍真挑起一边眉毛，问："囤积癖？"

他是私家侦探，见多了奇葩，也多少知道我这种毛病。

囤积癖很好辨认，是一种强迫行为，患者会过度地收集各式各样的物件，哪怕这些物件在正常人眼中看起来不值钱、有危险、不卫生，哪怕这些物件囤积过度、干扰了患者以及身边人的正常活动，他们也无法扔掉。

"对。"我痛快地承认了，"好多年了，从小就这样。"

"没去看医生吗？"霍真的脸上露出关心的神情。

"不用跟我客套了，"我毫不留情地打断了他，"你为什么装作外卖小哥找到我家来？"

霍真笑了，反问道："那你为什么要给我开门呢？"

我没说话，只是凝视着他，而他也凝视着我。

我们在沉默中面面相觑，打量着彼此的分量。

片刻后，霍真率先打破了沉默，他从手机上调出一张照片，去年，我就见过这张照片。

我无法忘掉这张脸、这个人。

照片中的人穿着雪似的白裙子，不谙世事地笑着。

"你还记得她吧？"霍真紧紧盯着我的脸，说，"去年，在一场网暴后，她患重度抑郁症住院了，到现在都没有好转。"

我当然记得，我死也不会忘记。

3.

2024年1月11日

在我的安排和操作下，水军攻占了嵩明理工大学的论坛，无数的辱骂涌了进来。

引导舆论风向，这件事我轻车熟路。

两篇小作文发布成功，主角是"我的朋友""我的表哥"，文字清晰、富有煽动力地指控宋欣欣诈骗、走后门。

为了佐证小作文的真实性,我还做了假图作为证据。这都是我的基础职业技能。

在水军的浩大声势下,大量的路人也被裹挟了。

没有任何人的人生经得起审视,在食堂遇见过她的路人说,平时她都趾高气扬、目中无人。

也有试图为宋欣欣辩护的理智路人,犹豫地劝道,这些都没有实锤吧?还是等等看吧。

但这种言论在我开着几个小号去骂了一通后,没过多久就删评了。

越来越情绪化的声音席卷了评论区,主导了风向,淹没了一切。

晚上,"绿兔子"再次联系了我,对我第一阶段的工作成果非常满意,并又给我发了几份宋欣欣的资料,说是我可以拿来利用。

但我下载解压后,发现里面的照片、黑料信息,甚至还有一张身份证照片,都不是宋欣欣的,是另一个女生的——身份证上的名字是:吕姿。

照片里的女孩十分明艳,有一头张扬的红发,仿佛燃烧的火焰。

"绿兔子"慌乱地撤回,说这是她自己的资料,不小心发错了。我无言以对。

从业这么多年,我还从没见过这么笨手笨脚的人。

不仅把自己的身份信息发给了职业水军,甚至还主动承认这份资料是自己的。

她还强调道,里面是她的个人信息,让我千万要删掉。

实在是太蠢了,我不忍再看,也没再回复她。

我还是继续我的工作吧。

霍真说:"经调查得知,花钱组织这场网络暴力的人是宋欣欣的舍友吕姿。"

他从手机上调出一张照片，是吕姿。

当时，少量新闻探知到了她的存在，但因为捕风捉影，没有实锤，最终，吕姿轻松脱身。

照片里的吕姿脸色苍白，神情紧绷地看着镜头，连红发也暗淡了。

看到这张照片，我仿佛又回到了曾经的校园，看到了曾经的吕姿同我对视的眼睛。

当年，她对我说……

"被网暴后，宋欣欣见了你一面。"霍真打断了我的思绪，"十五天后，她就因为重度抑郁而入院了。你威胁她了吗？"

"我什么都没做，"我说，"我只是见了她一面。"

4.

2024年2月2日

宋欣欣火了。

她不只是在校园内火了，她还登上了本地热搜榜。

现在舆论甚至还在蔓延，愈演愈烈，几成燎原，我已经控制不了了。

侮骂的言论雪片似的涌向了宋欣欣，没人知道她承载了多少，甚至连我这个背后的操盘手都不清楚。

但其实网暴出现后的第二天，宋欣欣就找到了我。

她不知道从哪儿要到了我的微信，加了我的账号。刚刚通过好友申请，她就甩给我五万块钱。

宋欣欣想求一个真相，我没告诉她。

她说她不差钱，只求我能在网络上澄清这一切，还她一个好名声。以及，她要背后的那个人和她付出同等的代价。

宋欣欣是怎么知道幕后黑手是"她"呢？

我对她开始好奇了，反正我们都在嵩明市，我决定和她见一面。

她似乎有些犹豫，沉默了好一会儿才答应我。

嵩明理工大学离我家有一个半小时的车程，等我抵达大学咖啡馆时，天色已经晚了。学生们大多回了宿舍，或者在图书馆待着，只有极少数的人还在校园里晃荡。

宋欣欣没在咖啡馆内，她站在咖啡馆附近的一棵桂花树下，夜色降临，将她完完全全地笼罩其中。

她戴着口罩，没人注意她，偶尔有人向她投来一瞥，她便十分紧张，局促地转过身去，躲避视线。

一般人不会认出她，但我不是一般人。

我走到她的身边，喊了她的名字。

她下意识地想要否认，想要躲避，但看到我的那一瞬间，她突然愣了一下。

霍真问："你什么都没做，只是和宋欣欣见了一面？"他的脸上没有匪夷所思，只有想要确认的冷静客观。

我知道，他肯定查到了什么，不然，他不会装作外卖小哥来敲我家的门。

所以我也没有隐瞒，只是平静地说："是的，她还记得我。"

她怎么可能忘记我呢？

时隔多年，我依旧能认出她来。就像我认得她，她也肯定记得我这张脸，记得漫长的，曾经的，七年前。

我说："她记得我妹妹。"

5.

2024年2月5日

我有一个妹妹，她叫常玉。

她跟我并不是双胞胎，我们相差十岁。但我们长得很像，站在一起，就像是一个模子里刻出来的。

这件事成了我常讲的冷笑话：要么是我长得太女性化，要么是妹妹长得太男性化了。

全家上下，只有我一个人敢和妹妹打闹、讲笑话。

因为她有精神疾病。

在妹妹小的时候，我们家的经济状况十分困难，米面粮油之类的生活物品都时常短缺，妹妹的学费也要四处去借，而我也早早地辍学打工，只为了供养家庭。

在这种情况下长大，妹妹便养成了节约的好习惯，喜欢攒东西。

最开始，大家还夸她懂事、会过日子。但慢慢地，当我们的经济情况好转后，大家才发现，妹妹在无意识中养成了病态的囤积癖。

她太害怕失去，太缺乏安全感，于是什么东西都不愿意扔，哪怕是一袋垃圾，都要在家里放到异味冲天，直至我忍受不了，一边拦着大哭的她，一边将垃圾处理干净。

我是她的大哥，也是她的顶梁柱。

在这个家里，我是最关心她的人，也是唯一能开她玩笑的人。

我叫她囤囤鼠，她叫我鼠大哥。我们插科打诨，随意玩笑。

她给我攒着好吃、好玩、好用的零碎物件，而我则负责定期清理她屋子里的垃圾，帮她将囤积的物品整理得井井有条。

以彼此的方式，我们互相关心。

我不在乎她的病，我坚定地认为她早晚会好起来，她一定能变得和其他人一样。或者，就算她没法儿变得跟其他人一样，她也比其他人更好。

但在这个世界上，绝大多数人仍旧很介意一个有精神疾病、心理障碍的人，尤其是当这个孩子身上散发着垃圾的气味时。

直到2017年，妹妹升入初二时，我去了外地工作。

也是在这一年，她认识了宋欣欣。

霍真从手机上调出了另一张照片，我认得，这是我的妹妹。

多年不见了，再次看到她的脸，哪怕只是照片，也让我的心脏微微抽动了一下。

她腼腆地看着镜头，由于紧张、局促和不安，微微抿起嘴唇。眼睛睁得大大的，隐藏在黑框眼镜厚厚的镜片下。

照片中的她只有十三岁，她也永远只有十三岁。

2017年，她因抑郁去世。

6.

2024年2月7日

宋欣欣不知道，我很早就认识她。

她在初中读书时，就是校园红人。每个学校都有一两个这样的人，他们引领风潮，一举一动都牵动着无数人的视线。

关注带来舆论，而舆论会带来权柄。在校园这种环境里，宋欣欣就是女王。

由于自闭、内敛、孤僻，我的妹妹常玉引起了宋欣欣的注意。

最初，宋欣欣只是把常玉当作一个调侃的、娱乐的对象。

她会开常玉的玩笑，在背地里嘲笑她的头发、眼镜和书包，嘲笑她身上被垃圾熏出来的气味，还给她起各式各样的外号。

但常玉每次都不吭声。

她既不激烈地反抗，也不驯顺地服从。只是沉默地、自顾自地做自己的事情，努力地忽略其他所有人。

当其他人骂她时，她只是低下头，更低地低下头去，读书、写字、做作业。

回到家，她更加积极地囤积物品，在床上堆满了毛绒玩具。

那阵子，我同她打视频电话，便发现床上的玩具与日俱增，但当我问起这件事时，她只轻微地笑笑，不愿意多说什么。

她一直不愿意给任何人添麻烦，她一直这样。

由于常玉不反抗、不服从，宋欣欣越发愤怒，她认定常玉在挑衅自己的权威，开始变本加厉地折腾她。

宋欣欣非常明白，言语才是杀人的利器，才是最无形的、最容易脱罪的武器。

她开始有意识地散播与常玉有关的"事实"。

有些是谣言，有些则是真的，比如她的囤积癖。但纵然是事实，经过故意夸张地渲染后，事实也变成了谣言。

以讹传讹，谣言愈演愈烈，人们说得越来越夸张。

宋欣欣的恶意像一滴墨汁坠入清水，起初只是若有若无的游丝，但很快便在学生间晕染成漆黑的旋涡，不受任何人控制。

常玉的课本不翼而飞，搭在椅背上的校服外套被剪刀剪开大洞，书桌桌洞开始出现腐烂的苹果核，课本扉页被红笔写满侮辱的话语，当她经过走廊时，总有人突然捏住鼻子发出夸张的干呕声。

课间，常玉离开教室，人们窃窃私语，交换着流言。而当常玉走进这个空间，所有人都离奇地紧闭嘴巴，安静地用刀子似的眼睛盯着她，紧紧地盯着她。

常玉终于垮了。

2017年我匆匆从外地赶回来时，只看到了常玉的尸体。

她就躺在那儿，像一具纤细的玩偶，瘦得脱相，骨头根根鲜明地浮凸，能看到走向尖锐的线条缓缓地横亘出来，仿佛要刺破皮肤。

她僵硬地挺在那里，再也不会睁开眼睛，对着我拘谨地、怯生生地微笑，再也不会喊我鼠大哥。

我的小囤囤鼠，我的小妹妹，我最脆弱的、最洁白的小月亮，死去了。

我跪在她的面前，手搭在她的手背上，无法控制地哆嗦起来。眼泪漫过我的脸颊，顺着我的下颌，滴落在她那苍白、僵硬的手臂上。

我哭了很久、很久、很久。

将妹妹火化后,我回到了家中,开始处理她的杂物。爸妈过于悲伤,无法处理这些事情,就将一切全权委托给了我。

可我也没法处理,我是说……没有办法扔掉任何一件东西。

时隔多年,我终于明白了妹妹那囤积的癖好。

每件杂物,甚至每件废物,都有妹妹的痕迹,都是她最后留在这个世界上的东西。

最终,我将一切都搬回了我的出租屋。

一件,一件,又一件,我将一切按部就班地整理好,放起来。

我仿佛看到了她,就在我自己的身上,看到了她。

她在我的身上复活了。

自从开始囤积妹妹的物品,我就染上了囤积癖,渐渐地,连自己的东西也不愿意轻易丢弃。

最初,只是一些重要的东西。后来,是生活用品。最后,是垃圾。

我被万事与万物淹没了。

每天,我在自己的出租屋里挣扎着,跋山涉水般去上班。可我越来越难以起床,越来越抗拒出门,最终,我被辞退了。

同事带我出去吃烧烤,我们在露天小摊前,一边喝可乐一边撸串,吃得满嘴是油。

同事说:"辞了也好,可以去做些你真正想做的事情。"

"但我没什么想做的。"我耷拉着脑袋。

"不可能,"同事说,"你仔细想想,什么事情是你这么多年依旧耿耿于怀的,依旧忘不掉的,肯定有一两件事的。"

我愣了愣。同事锲而不舍地追问:"真的没有吗?"

"……有。"我垂下脑袋,喃喃,"有啊。"

有的,毕生难忘、耿耿于怀的事,我妹妹的死。

那天,我告别了同事,回到了出租屋。

那天，我找到了新的职业：水军。

我环顾自己的这间小屋，经历了这么多年，它被我的囤积癖装满了。

自从当上水军，我有了目标：宋欣欣。

我走访故地，搜寻了当年辱骂妹妹的词句，一点一点，用纸条、纸张、笔记本，将这些句子全都记录下来，放在了房间里，提醒自己过去发生了什么。

"你故意接近宋欣欣，设计了一切。"霍真说，"让她掉入了你准备好的陷阱。"

"这是一个非常严重的指控。"我说，"你有证据吗？"

霍真再次调出了一张照片，那是一张合照，合照里有我，还有一个红发女孩儿。

发色热烈得像燃烧的火焰。

这是吕姿。

7.

2024 年 2 月 8 日

碰到吕姿，既是我安排好的计划，同时也是一个意料之外的惊喜。

互联网十分发达，痕迹遍布四周，人人无所遁形。

我早就挖出了宋欣欣的痕迹，知道她考上了嵩明理工大学，接着，我通过几篇宿舍活动推文、合照，挖出了她的舍友信息。

就这样，我找到了吕姿。

我装作巧合、偶遇，加上了她的联系方式。但我没想到的是，我们竟一拍即合。

吕姿是个十分张扬热烈的人，她最瞧不起宋欣欣这样表面一套背后一套的人。

同时，吕姿明艳大胆，在学校里素有美名，很有人气，这惹来了宋欣欣的排挤和嫉妒。

吕姿并不介意有人嫉妒自己，但排挤，以及那些暗地里的小手段，依旧让她十分不爽。

而我则成功地抓住了这个点。

由于拥有共同的敌人，我们成功建立了友谊。

吕姿常常和我聊天，每次，我都是秒回。

当吕姿在大学活动中需要刷些流量或点赞时，我便会免费地、自发地帮她的忙。

有空时，我们还会一起约出来吃饭、聊天。她把我当大哥，我把她当小妹。

有天，请她吃完冰激凌后，吕姿突然问我是不是还有个妹妹，因为学习压力太大而抑郁去世了。

我没说话。

吕姿很聪明，因为常玉和宋欣欣同校同班，她一下就猜到了是因为宋欣欣。而我接近她，也是为了接近宋欣欣。

我承认了，她却突然笑了。

张扬明媚的少女，热烈的笑容，燃烧的红发，仿佛能将黑暗都灼出一个洞。

如果妹妹还活着，会不会像她一样？会不会也能拥有这样的人生？

最后她对我说，她一定会帮我的。

宋欣欣是一个十分虚荣的女孩儿。

她喜欢人气，喜欢受人追捧。由于外形条件优秀，她还很想做网红。

但这个时代，网红需要大量的流量。而流量，则需要水军和噱头。

宋欣欣想要出名，但同时，她也很蠢。于是，她掉入了我和吕姿给她编织的陷阱。

吕姿是她的舍友，非常方便在暗地里进行一些操作。

经我安排，吕姿有意无意地引导宋欣欣：在这个时代，人们喜欢吃瓜，奇葩又有料的八卦最能让人一炮而红。

在吕姿的引诱下，宋欣欣并不聪明的脑袋想出了答案——自导自演一出"网暴"的戏码。

宋欣欣注册了一个小号，名为"绿兔子"，加上了我这个职业水军的微信，她扮作自己的舍友"吕姿"，指使我去网暴"宋欣欣"。在这个过程中，她又不经意地向我暴露自己的身份是"吕姿"。

等她得到了大量曝光后，她又以"宋欣欣"这个受害者的身份联系我，给我打钱，要求我将"幕后黑手"的真实身份曝光、进行网暴，同时对她进行澄清。

如此一来，她得到了高度曝光，得到了众人的安慰和体谅，同时，还能顺手除掉"幕后黑手"吕姿。

实在是一箭三雕。

可惜她不知道的是，这从一开始，就是吕姿和我给她准备好的陷阱。

"绿兔子"联系我时，曾经发给我一张宋欣欣的照片，照片上的她笑容无辜，仿佛不谙世事，不知道未来要发生什么。

她确确实实，一无所知。

"由于你和吕姿合伙，宋欣欣陷入了绝望。"霍真一脸正气地说，"最终，走投无路、被网暴到精神崩溃的她，陷入了重度抑郁，进了医院。"

"这只是复刻她对我妹妹做的一切罢了。"我说，"甚至，如果不是她掉入了我和吕姿的陷阱，她也会对吕姿做出一样的事情。"

霍真冷冷地说："这是私刑。"

"不止如此。"我说，"这也是迟到的正义。"

8.

2024 年 2 月 9 日

那次与宋欣欣在咖啡店约见，她认出了我的脸。

我和常玉有一张同样的脸，很少有人会忘记一个死人的脸——尤其是这个人因自己而死。

那天晚上认出我后，她便仓皇地转身逃跑了，我没去追她，只是在夜里盯着她的背影，盯着她远去。

自那天起，宋欣欣再也没有找过我。

我继续操控着水军账号，给宋欣欣造谣，给她施压。

我知道，她正慢慢地濒临极限，就像当年，就像我的妹妹那样。

天道好轮回，终究是恶有恶报。

我知道我做的事情并非正确，我已经准备好接受我的惩罚。

一个暖意融融的白天，宋欣欣被送进了医院。

她患了重度抑郁，不仅精神出现了问题，甚至出现了躯体化症状。她无法控制地发抖，无法面对任何人，无法与人沟通交流。

宋欣欣的父母将她抱到轮椅上，推着轮椅，走出了教学楼，走向了前往医院的车。

路上，人声鼎沸，众目睽睽，无数的人们将视线抛来，注视着宋欣欣。

仿佛仍旧万人中心，仿佛仍旧受人追捧。

我也站在人群之中。

她清晰地看见了我的脸，看见了那张和妹妹一样的脸。

宋欣欣打了个哆嗦，反应激烈地将脸埋进了手掌，发出了哽咽似的哀号。

"都闭嘴，"她说，"都闭嘴。"

众口铄金，积毁销骨。

我站在原地，注视着宋欣欣被送上车。

或许七年前，宋欣欣就站在我如今站着的地方，目视着咫尺之遥的常玉。

而如今，我站在这里，目视着宋欣欣。

天道好轮回，我向仇人复了仇。但同时，我也杀死了曾经的自己。

忽然，我打了个冷战。

宋欣欣因重度抑郁入院后，她的父母不甘心，想查出幕后真凶，于是雇用了私家侦探进行调查。

虽然我和吕姿早就将线索处理干净，但我知道，被找上门也是早晚的问题。

这世上，要想人不知，除非己莫为。既然做了，便不可能绝不外泄。

我在出租屋里静静地等着，等了一年，终于等来了霍真。

"我不明白，"我说，"你已经掌握了足够的证据，为什么不直接交给宋欣欣的父母，而是跑来找我？"

霍真说："因为我查到了你的妹妹。"

我了然。

"你不忍心了？"我笑道，"真不像干这行的。"

霍真无言。

我站起身来："你已经知道一切了，是时候走了，无论你做出什么样的选择，我都支持，我都接受。"

霍真静默地跟着我站了起来。

我们一起跋山涉水，走到了家门口。

我打开了门，霍真逆着光站着，看着我，他说："你跟我讲的这些事，都是真的吗？"

我反问："你搜集的这些证据，又都是真的吗？"

再一次，我们在沉默中面面相觑，打量着彼此在事实中的分量。

这个世界就是一个庞大的舆论场,当新闻可以捏造,图片和音频都可以用软件修改,人证可以用钱买,物证可以被迫出现和消失,真实在何处?

"或许我说的一切都是真的,"我说,"或许我说的一切,只不过是为了讨你欢心,让你不要告发我。"

"你觉得,这次的真相,又是什么呢?"

霍真看了看我,笑了起来。

"再见,"他说,"你在家等着自己的审判结果吧。"

我目送他离去,随后关上了门。

9.

2025 年 1 月 4 日

雪花似的文字浩浩荡荡地淹没了房间。

每一个字都像针扎出的孔,像横亘伸展的伤口,刺痛着我的眼睛。

我张开嘴,听见自己的声音,以一种极为陌生的方式从胸腔冒了出来。

我说,我活该。

我独自一人,站在逼仄的房间内。

无数的杂物、废品、写满辱骂字句的纸张、书本,垒满了这座房间。

每一个角落,都有妹妹的一点痕迹,都有宋欣欣的一点痕迹,都有我的一点痕迹。

我随手翻着这一切。

我推翻椅子,取出笔记本,扔开花篮,丢开水瓶。

我抽出一叠又一叠纸张,向空中抛洒,看着它们纷纷扬扬地落下。

无数的字迹在眼中模糊起来,扭曲成妹妹,扭曲成宋欣欣,扭曲成我。

  一本漫天漫地的书在我的房间里铺展开来，无边无际地延伸开去。书里写着我，写着宋欣欣，写着妹妹。

  最终，它什么都没再写，什么都没再剩下。

  我推翻了所有的书堆，抛洒了一切的纸页，然后跌跌撞撞地往房间深处走去，越走越深，越走越累。

  直至最后，我趴在杂物里，闭上眼睛，陷入了安睡。

  再没有这样的好梦，再没有这样的好眠。

  梦里，我回到了2017年，十三岁的小姑娘内敛腼腆，沉默着跑过来牵我的手。

  我紧紧地握住她，再也没有松开。

那个该死的心理医生覃小姐说得对，我就是这么卑鄙无耻喜欢掌控他人，窥探他人隐私的变态。

2017年3月4日 大晴天

这是我frequently买回来的第二个日记本，刚成症都还保留着写日记的习惯，写日记能让我平静下来，像是某种电影里相似的一种仪式。费力守此仪式。

了前，我带她去买了波最喜欢

姜恩的十二篇日记

文/贺兰邪

05 姜恩的十二篇日记

文/贺兰邪

我叫林成欣，我一直以为我的男友姜恩是一个百分百完美男友。直到那天我找到他写的日记，才发现这一切都是他的圈套，他居然是个杀人犯……

1.

2017 年 5 月 4 日 天气晴

这是我搬家后买的第一个日记本，我一直都还保留着写日记的习惯，因为写日记对我来说就像是一种仪式。

一个月前，我特地去见了我最尊敬的心理医生覃小姐，并带上了我珍藏的日记本。因为她跟我说过，每个人都有负面想法，这是人之常情，但人和动物不同的是，人可以压制住自己的思想。

我说："是啊，不然整个世界都会乱套，所以我一直有写日记的习惯。"

她温柔地笑了笑，对我说："你的日记一定很有趣吧，像你本人一样有趣。"

我觉得这是她在对我表达喜爱之情，于是在这次见面时，我带上了日记本去见她。

我满心欢喜去赴约，却隔着房门听见她在打电话嘲笑我。

"哎，你记得吧，前段时间我这里来了一个麻烦的客人，他是自恋型人格，有强烈的控制欲，喜欢贬低他人来满足自己的优越感和自尊心。其实我还察觉到他有暴力倾向，只不过他比较会隐藏。我当时害怕他打我，跟他说话都故意顺着他说。

"这种人就应该关起来，他跟我说他父亲就是这样把母亲打走的。"

真可笑，既然你不能做我新日记本的女主，那就趁早离开这个世界吧。我很顺利地就解决了这件事，把她送去了新世界。整件事做得滴水不漏，没有人发现是我干的，我还特地搬了家。

现在我打开一本崭新的日记，这就意味着属于我的新电影要开机了。

电影当然少不了女主角，不知道这一次我能不能为我的日记本找到一个有趣的新女主角呢？

2.

2017年5月6日 天气小雨

每天晚上六点半是我的下班时间，下班后，我需要坐地铁，大概有十五分钟的车程。和匆忙的上班族不同，我不喜欢跟着他们一起跑，而是慢慢地走进地铁。

这十五分钟被我称之为"寻找真爱"的浪漫十五分钟。

我可以利用这十五分钟浏览着手机里的各种社交APP，因为在这上面有我需要的女主。

今天我在社交平台上看见了一个女生，她的回复很有意思，让我觉得她是一个可爱且有趣的姑娘。

她说：你的手好像我男朋友的手啊。

或许是一句玩笑话，就像是在路上搭讪一个大美女，你会对大美女说"你长得好像我女友啊",实际上你并没有女友,你是希望美女做你的女友。

我当时看见这句话,也是这个反应。

当我点进她的主页才知道,原来这个女生真的有男友。她和他男友的合照,基本上没有露出男友的脸,大部分都是牵手照片,然后就是女生的单人大头照。

一般在社交平台上发出情侣合照,不愿意露出对方脸的,只有两种可能,一是对方身份比较神秘,二是对方长得不堪入目。

我十分确定,她的男友属于后者,因为她分享的日常看起来实在不像是有钱人。

我喜欢这次的猎物,因为这让我的征服欲得到了极大的满足。把她从这个男人的手里抢过来,这是我最爱做的事情。

我从来不相信这世上有忠贞不渝的爱情,所谓的忠贞不渝,就是因为没有遇见更好的,被迫选择了眼前人而已。

如果她遇见了更好的人,一定会毫不犹豫地离开吧。

我开始制订一个详细的计划,让她成为我这本日记的女主。

写了这么多字,有些累了,晚安。

3.

2017年5月7日 天气阴

找到了一个合适的女主,怎样才能邀请她进入我的日记本呢?

首先,我需要知道这个女主角的姓名、年龄、身高。当然,成为我的女主角,她必须足够吸引我的眼睛。

她真的很可爱,每次拍照都笑得很灿烂,我喜欢这样灿烂的笑容,就像是向日葵。

通过她和熟人在社交平台上的互动,我确定了她就叫林成欣。此外,我看见她晒的外卖图片,似乎是男朋友送给她的小蛋糕,上面特地写清楚了要求,让外卖员小哥对她说一句"林成欣小姐生日快乐"。

还真是个粗心的女孩,她怎么就不知道给自己的外卖订单打个码呢?

这是草莓蛋糕吧,她很喜欢吃草莓?

我记住了。以后成为我的女主角,我会给她买草莓。她好像还喜欢喝白桃乌龙奶茶。

如果外卖单上的地址足够清楚的话,我应该很快就能够找到她家地址了。

可惜,地址那一栏被水浸湿了,我什么也没看见。

我似乎看见了她的手机号码。

今天有些累了,暂时就写到这里吧。

晚安,我的女主角林成欣。

4.

2017年5月9日 天气晴

我知道林成欣的身高了,她应该有一米六三,我通过她分享的歌单,看见了她的留言——"163和182谈恋爱啦!"

这条留言的日期是2017年1月1日,刚好是凌晨。

难道是在所谓的"跨年夜",他们告白之后成了情侣?

2017年3月6日,林成欣又发了一条动态:"我们是不是不合适,为什么他总让我难过?每次都要和我争吵,或者不接我电话。谁不希望自己是小公主,有人宠着?"

2017年4月17日的动态:"他都忘记了今天是我生日,也忘记了我讨厌吃芹菜,吃完了晚餐,也没有对我说一句生日快乐。"

我默默记住:林成欣,1996年4月17日出生,身高163厘米,不喜欢吃芹菜。

现在我已经了解了她的基本信息,接下来就是让姜恩出场了。

我用"姜恩"的小号,发了一条动态,配图是芹菜炒肉。

"从小到大我都不喜欢吃芹菜,总感觉它怎么做都不好吃。"

大约八分钟，我等来了她的点赞，以及一条评论——

我也不喜欢吃芹菜，大大，原来我们这么像啊。

我躲在屏幕后面偷笑，当然很像啊，我所有的细节都在靠近你。

我发了一个微笑的表情给她。

她立刻回复我：恩恩，你也喜欢喝白桃乌龙吗？我看你发过图片，白桃乌龙真的超好喝。

只要一点点示好，她就会热情地靠过来。

我想了想认真地回复她：下一期我教你们怎么自己制作白桃乌龙奶茶吧。

她兴奋地回复我：好啊好啊。

我喜欢的女孩，让她拥有一个好心情是如此简单的事。

我应该加快速度，让她早一点离开那个男人，来到我的怀抱。

说起来，我应该找一找她的地址信息了。

5.
2017年5月16日 天气小雨

我找到了林成欣的地址，她应该是在某家售楼中心当售楼小姐，因为我看见她早期发的自拍，身上穿的衣服像是制服。窗户上的影子，映射着售楼中心的场景。

值得开心的是，林成欣似乎就住在我的城市，她的社交平台账号资料里写着龙泉市。

龙泉市的售楼中心有很多，但是想要找到林成欣并不费劲。

因为林成欣拍照的时候，暴露了一座建筑物，那座建筑物是一栋粉色的大楼。这栋大楼距离我上班的地方很近，只需要五分钟的路程。

也许这就是缘分吧。

每天晚上6点整，是林成欣的下班时间。今天，我发现林成欣又更新了社交信息。

"我分手了,原来他根本就不喜欢我,当初和我告白也是随便说说。比起这个,更糟糕的是我今天没有带伞,走在天桥突然就下起了暴雨,我被困在这里了,唯独在这一刻我才觉得自己像极了悲惨电影里的悲惨女主。"

我立刻抓起手边的伞,向经理请了假,说自己家里有事着急回去。经理点头应允。

我拿着伞冲进雨幕里。

我知道那个天桥,那个天桥的名字叫丰雨天桥,就在粉色大楼前面。我早就根据她每天分享的日常,查清楚了她上下班的路线。

我疯狂地跑,没想到我会这么快就见到林成欣。

她就像是一只可怜的小兔子,站在天桥下面,她的脚好像受伤了,她站在那里等了许久都没有车愿意载她。

我撑着伞走过去,把手中多余的雨伞递给了她。

"需要我帮忙吗?"

林成欣抬起头,一双眼睛红得可怕,她究竟流了多少眼泪啊,为了那个渣男,值得吗?

她抽泣着对我说了一声谢谢。

我说:"不用客气,举手之劳。这段时间,在这个路口是最不好打车的,你如果愿意,我可以开车送你。"

她就像是落难的公主,对我露出欣喜的眼神,以为我是个开着宝马的王子。

我尴尬一笑,指了指身后的摩托车。林成欣破涕为笑,坐上我的摩托车。

我从她口中得知了她的地址,原来她住在金水天阁小区,与我居住的小区就只有一条街的距离。

我忍不住发出感叹:"这也太巧了,如果你明天还找不到车载你,我可以明天再来接你一次。"

林成欣拒绝了,可能是因为她表面看起来开朗大方,内心还是个内敛害羞的小姑娘。

我没再多说话，跟她道了别，头也不回地离开。

6.

2017年5月19日 天气阴

今天是我在家休息的假日，按照上次的约定，我在家里做了白桃乌龙奶茶的教程，然后把视频传到了社交平台上。

我在等林成欣的评论。

十分钟后，我等来了她的私信，她似乎特别震惊。

她说：你就是姜恩吗？

我表示很诧异，发了一个问号给她。

她说：你手上有一个E的文身。前天送我回家的那个人也有一个E的文身，这世上不会有这么巧合的事情吧？

这世上当然不会有这么巧合的事情啊，这个文身是我去见你的时候，特地在手上贴的，也是故意给你看的，目的就是为了让你认出我。

我故作惊讶地说：原来你就是那个可怜的小白兔？

林成欣似被人戳中了伤疤：我那天才没哭啊，我只是眼睛里进雨水了。

我忍不住笑了：是，雨水太大，脏了你的眼睛。

林成欣发了一个可爱的表情包：如果早知道你就是姜恩大大，我肯定会让你第二天送我去上班。

我：原来你就是想要个免费的司机啊，那我可不答应。

林成欣：嘿嘿，谢谢姜恩大大，如果有空，我愿意请你喝一杯奶茶。

我：我要是说我没空呢？

我故意吊她胃口，她果然上钩了。

林成欣：哼，那就算了。

我看着这一页聊天记录，笑着摇头，想要猎物自己靠近实在是一件再容易不过的事了。

7.

2017年5月22日 天气小雨

我从来都没想过，找到一个女主角，居然这么容易，我和她恰好住在同一个城市，小区距离只有一条街。

距离上一次送她回家后，我又等来了一个机会。今天我在公司加班，林成欣给我发来私信，问我今天有没有带伞。我抬头看了一眼外面的天空，此刻乌云密布，下一秒就会大雨倾盆。

我回复她：我带伞了，小白兔是不是又忘记了带伞？

她发过来一个脸红的表情包，我知道这个粗心大意的女孩又忘记了。因为白天看起来阳光明媚，谁又会想到傍晚会暴雨将至？

我很快忙完手中的活，打卡下班。

如果不出意外，林成欣会出现在天桥下面，因为她不知道我的地址，想要和我见面，只能在天桥等着。

我心里默默数着拍子，掐点三分钟，到达天桥处，暴雨如约而至，林成欣站在暴雨里冲着我招手。

她笑得很灿烂，就算是没有阳光，这个向日葵也能一脸灿烂。

我喜欢这样的女主角，比起上一个女主，林成欣显然更得我的欢心。

我撑着伞走过去，问："你是特地在这里等我来接你吗？"

林成欣坦率地点点头，然后从包里摸出一包糖给我，那是小白兔奶糖。

她说，作为上次你送我回家的谢礼，请收下这包小白兔奶糖。

我收下奶糖后，对她说："走吧。"

林成欣歪头看向我身后："你今天没有骑摩托车来吗？"

我笑了，其实我从来不骑摩托。它只是一个备选方案，今天我决定给我的女主角升级一下剧本。

我带着她走到了停车库，她看见了一辆黑色的宝马。

林成欣上车了，她看见了车后面摆放的鲜花和平底凉鞋。

她有些好奇地问："这是给谁准备的礼物吗？"

我说:"是给我女朋友准备的。"

我从林成欣的眼里看见了失落,那小表情就像是我第一次看见她在雨里哭泣的样子。我好喜欢她的小表情,比电视上的演员还好,再次肯定她是一位不错的女主角。

林成欣又问:"你是要去接她吗?你带着我去接她,这不好吧,我还是下车吧。"

我伸手摸摸她的脑袋:"你就没想过,自己当我女友吗?这一切都是你的。"

林成欣露出震惊的表情,我实在是忍不住想夸夸她,太可爱了。

她不敢相信地问:"你在耍我玩吗?"

突如其来的糖衣炮弹没有办法俘获林成欣的开心,反而会让她心怀顾虑,我用这一招试探了她的底线。原来她不太喜欢一见钟情的剧本,她应该喜欢日久生情吧?

如果是这样的话,那我可能要把剧本安排得更丰富一些,让这本日记的篇数多一点。

真是个有趣的女孩子啊。

我说:"对不起,惹你不开心了。我刚才确实是说笑,这些礼物是我同事让我去送给他女友的。他今天加班了,本来跟女友约好了在餐厅里过生日,结果他去不了了,礼物请我送过去。"

林成欣听完我的解释,表情看起来更复杂了,那是一种说不清的情绪,像是生气,又像是失望。

没关系啊,只要你答应,以后我会送你更多礼物。因为我了解你全部的喜好,不会有人比我更爱你。

8.
2017年5月26日 天气晴
昨天我开车去了新世纪欢乐谷,偶遇了林成欣。

她穿着一条白裙子,头上戴着一个黄色的蝴蝶结发箍,看着就像个小公主。

她看见在欢乐谷门口检票的我，一脸惊讶地问："你怎么也来啦？"

"我来欢乐谷放松一下心情，本来是和朋友一起的，结果中途这两个人抛下了我这个单身狗。"

林成欣信以为真，她也跟着抱怨，她也是被朋友抛弃的单身狗。

我顺理成章地邀请她："既然如此，你愿意和我一起玩吗？我还是第一次到这种地方来玩。"

林成欣很自信地给我当起了导游，她似乎来过这个欢乐谷很多次，每个地点她都记得清清楚楚。

我很喜欢这种女主角，她独立能干，方向感也好。

我和林成欣开心地玩到了下午五点钟，她接到电话，她的朋友已经在欢乐谷门口等她。

临走前，我问她："下次还愿意和我一起玩吗？"

她对我笑眯眯地比了一个OK的手势，然后把我们的合照放在了我掌心。

我看着她远去的背影，只觉得十分愉快。

这当然不是什么偶遇，而是我看见她在社交平台上发的信息，她有一年在这个欢乐谷认识了一个人，于是每年的5月25日，她都会来新世纪欢乐谷，算是一种纪念吧。

我不太确定她认识的那个人是男是女，因为她没有写性别。

但我知道在欢乐谷大门并没有等待她的朋友，因为今天她是一个人来的。

9.

2017年6月15日 天气晴

今天是我和林成欣在一起的第18天，这么多天没有写日记，是因为完全没有时间去记录这些点点滴滴。

我是在5月29日对林成欣表白的，意料之中，她答应了。

林成欣恋爱之后真的好黏人，每天都得陪着她，她好像不再是一朵向日葵，没有了自己的根茎，仿佛依靠着我生长。我忽然有些理解，她的前任为什么会抛弃她。

我不喜欢这种女生，一旦恋爱之后全身心都放在我这里，我会觉得她在我眼里变成了透明人，一点神秘感都没有。

我对她完全没有了探索欲，失去了新鲜感。我始终没有办法找到一个完美的日记女主角。

我认为两个人恋爱应该如同舒婷在《致橡树》里写的——

我如果爱你，绝不像攀援的凌霄花，借你的高枝炫耀自己；

我如果爱你，绝不学痴情的鸟儿，为绿荫重复着单调的歌曲。

我必须是你近旁的一株木棉，作为树的形象和你站在一起。

根，紧握在地下；

叶，相触在云里。

每一阵风过，我们都互相致意。

很可惜，林成欣失去了自我，完全依附于我，不符合我的标准。

我要尝试着冷落她，让她对我言听计从，毕竟在她之前的每任女主都没有逃过我的调教。

10.

2017年6月27日 天气阴雨

这真是一个屡试不爽的手段，先给一颗糖，让她吃得满心欢喜，然后打她一巴掌，再给她一颗糖，让她摸不清你的脾气。

不仅如此，我还会找借口说自己工作繁忙，她一点都不懂体贴，实在不是一个好女友。

让她患得患失，不由自主地怀疑自己。

偶尔我还会对她说，宝贝，你肚子上长肉肉了。哎，不过没关系啊，我喜欢你的肉。

几乎每隔一天我就会说这句话。

她都开始怀疑自己的体重了。

其实她一点也不胖，体重才110斤，而且是一眼惊艳的小美女。

我贬低她的身材，是因为我想要掌控她的精神，让她以我为中心，不断地怀疑自己。

说起来，女生真的很好骗。只要你稍微对她好一点，再好一点，她就会对你言听计从。

最近林成欣已经开始减肥了，我请她吃饭，她都不敢多吃。在我的鼓励下，她终于吃完了晚餐，甚至很高兴地抱着我。

为了彻底地控制林成欣，我开始质疑她列表里的朋友，我总是在她面前没事找事，说她在和别的男人勾三搭四。

林成欣跟我解释，那些男生都是她的客户，都是工作需要才联系的。

我说不行，你长得这么漂亮，我害怕你跟别人跑了。你知道不知道，我在遇见你之前，就被戴过绿帽子，就是那个女人害得我不敢恋爱，我感觉全天下的女人都是一个样子。你如果离开我，我也活不下去了。

林成欣显然被这句话吓住了，当着我的面儿把她的客户拉黑了。作为奖励，我带她去买了一条手链。那条手链价格才八百块，在她眼里却是无价珍宝，整个晚上都对我阿谀奉承。

我只不过是故意表达出来的悲伤，想让她以为我很在乎她，实际上她的情绪永远在我的掌控范围之内。

我禁止她一切社交，让她感觉她的世界只剩下我。

今天她的社交平台账号被盗，哭哭唧唧的样子让我心烦，还提出要我给她一个账号。我喝了点酒，也没有多想，就把一个很久没有用的账号给她了。

她欢天喜地地改了密码，说等过一阵子要给我一个惊喜。

我敷衍地笑了笑，等过一阵子我打算把你也换了。

11.

2017年7月2日 天气晴

我依然在打造一个痴情人设，我对她的每件事都了解得清清楚楚，知道她喜欢什么，不喜欢什么，更知道什么时候要送她小礼物，给她惊喜，让她感受到我全部的爱，仿佛我的世界只剩下她了。

林成欣很受用，她不止一次在社交平台上夸我是个完美男友，就连她的姐妹都对她表示羡慕嫉妒。

不得不说，我的演技实在太好。

林成欣一次都没有怀疑过我，她觉得我每次都能猜中她的心思，认为我们的遇见就是上天注定的缘分。

她还想根据我们的相爱，写了一篇小说，名字就叫《百分百匹配》。

可是她不知道，我之所以这么了解她，是因为我在社交平台上翻出了她全部的历史记录，我走的每一步都是精心策划过的。

说起来，时间也到了，我应该给这本日记写上大结局了。

林成欣也即将成为过去式，只是这一次我很为难，我究竟该写一个怎样的大结局呢？

之前的大结局都千篇一律，那些女孩在迷恋上我之后，被我忽冷忽热的态度折磨得崩溃，甚至有一个人还自杀了。

说起来，那个自杀的女生就是上一任女主角。

我打开了上一本日记，找到了她的名字。

陈知予，1995年5月25日出生，身高160厘米，喜欢绿色，喜欢吃布丁、烤鸭、火锅。最讨厌的是姜。

嗯？5月25日这个日期有一点眼熟。

我返回去查找了一下之前的日记，5月25日还是她的死亡日期，她就是在那天从摩天轮一跃而下。

因为之前我跟她说，如果活不下去，我会选择在摩天轮自杀，在摩天轮到达顶点的时候，就能够飞向幸福。

这当然是骗人的鬼话，我真没想到这个傻女人居然信了。幸好，我和她谈恋爱这件事没有人知道，我和她甚至只见过两次面，这一场网恋居然让她赔了一条命。

我找到了2016年5月25日摩天轮上自杀的新闻，那就是新世纪欢乐谷！

当天的新闻照片上居然有一个熟悉的人。

12.
2017年7月7日 天气阴

上次好险，我写日记的时候，林成欣突然过来了。她抱着我，咖啡一下子被打翻，我的日记本变脏了。

我有洁癖，不能容忍日记本变成这样，我应该加快速度让这场戏走向大结局。

说起来，那天我在新闻照片上看见的人就是林成欣，她那天也在欢乐谷。这是巧合吗？

如果是小时候，我可能会相信这世上有"巧合"两个字，当同样的数据出现得太多，我就不认为这是巧合了。光是5月25日这个日期，我就已经看见它三次了。

林成欣喜欢去新世纪欢乐谷，并且日期是在5月25日。

我的网恋前女友陈知予也曾去过欢乐谷，并且死去的日期也是5月25日。

更离谱的是5月25日是陈知予的生日。

之前看见林成欣写的留言，5月25日去欢乐谷对于她来说是一种纪念，难不成这个纪念日就是陈知予的死期？

我脑洞大开，忽然想到林成欣对我来说还有唯一一点用处，那就是她身上这层纱布我还没有掀开，我对她仍然有探索欲。那个该死的心理医生覃小姐说得对，我就是喜欢掌控他人、窥探他人隐私的变态。

我喜欢将眼前人的秘密一点点剥干净，这种感觉就像是在剥洋葱,因为每个人的秘密都让我觉得辛辣刺眼。

林成欣这样的"小白兔"居然拥有不为人知的秘密,这让我立刻热血沸腾,打开电脑,疯狂检索她在社交平台上的信息。我总感觉林成欣和陈知予是有联系的,我一定要找到这个联系。

我点开陈知予的平台账号主页,停更于2016年5月1日,那是她最后一条状态。

"分手十天,我还是不能接受,总感觉天塌了下来。他那么完美,我好像配不上他,也许我真的应该试试他说的那个方法。"

这条信息里的"他"就是我。

当初我用"姜恩"这个账号,撩过不少女粉丝,选择符合我条件的作为日记女主。陈知予是我的第三个女主。

我点开评论区,看见有一条留言:橙橙,你别犯傻,我明年就回国了。

这应该是陈知予的朋友吧,她的留言日期是在5月3日凌晨。

我点进了这个人的账号,她的头像是黑色的,网名是"我会找到你的"。

2016年5月25日,她发布了一条动态:我看见她死了。

我注意到了一个关键信息,这条动态来自安卓手机。

林成欣使用的是苹果手机,但是她有一个备用手机就是安卓手机。

这个账号发的状态很少,我没有找到什么有用的价值,应该被她清理过。

我立刻想起,我应该找一下她的点赞。

我在她点赞的13条动态里,看见了最重要的信息。

"怎么吸引渣男"……我想我终于明白了,这几天我喝完林成欣给我的牛奶,为什么会犯困,我也知道了为什么我的身体一天不如一天。

这只小白兔真是一只狡猾的兔子,她带着仇恨找到我,只是为了复仇啊。

13.

2017 年 7 月 10 日 天气雨

终于写完了这本日记，我和林成欣在一起太开心了，我会用一辈子爱她。

之前写的日记都是我写的电影剧本，会用这种形式写出来，是因为之前写作没有灵感，我的老板就提出让我自己模拟一个变态杀人犯的方式来记录灵感，让自己活在假象和现实之中。

现在剧本完成了，我需要走出现实了。

我爱林成欣，明天我要带她去欢乐谷，我打算在那里向她求婚。我要制作最美味的蛋糕送给她，因为我的欣欣，特别喜欢甜品啊。希望她喜欢这个甜品，我在里面加了一些特别的东西。

14.

姜恩死了。

警察找到我的时候，我正在看这本日记，里面详细记录了姜恩接近并谋害其他女孩的手段，甚至在日记里写出了他曾经谋害的女孩叫陈知予。

我哭得泪流满面，不敢相信自己的完美男友是变态杀人犯。

在回答完警方的问题后，他们也找到了相关证据，姜恩的死跟我没有任何关系。

我哽咽着擦掉眼泪，然后起身送他们离开了我和姜恩的家。

关上门，我对着照片墙上的姜恩露出胜利的微笑。

其实，我第一次看见他在写这本日记的时候，就已经在留意他了。我甚至把他的日记拍照发在社交账号上，给这个账号取名"我不是姜恩的小号"。

但是这个账号是姜恩以前不要的旧账号，是我故作好奇求来的，目的就是为了模仿姜恩，把自己的日记发在社交平台上，炫耀自己控制他人的本事。

他贵人多忘事，早就忘记了这个账号的存在。

他当年就是用人肉搜索和精神控制的手段害死了我的朋友，我只不过是用其人之道还治其人之身。

没错，我朋友就是姜恩日记里为他自杀的陈知予。

当初我在国外，知予每天给我发她的男友姜恩为她做了什么，他们无比恩爱，知予每天都很快乐。直到有一天，姜恩像变了一个人，他开始贬低知予，仿佛这世上只有姜恩会喜欢她，他就是她的救赎。

时间久了，知予也开始怀疑自己。姜恩甚至不让知予和朋友联系，就连我也被她删除了好友。

当我亲眼看见知予死去，我就知道这件事没有那么简单。

我一定要找到姜恩。

我利用他喜欢找粉丝做女友的心理，特地打造了一个账号去接近他。他果然上当了，他把曾经对知予的手段用在我身上，他以为我对他爱得欲罢不能，实际上我每天都在想着如何杀死他。

如今，我终于如愿以偿为知予报仇了。

警察当然不会怀疑到我头上，因为他们看见的日记都是被我修改过的，当这件事登上热搜，姜恩的粉丝也不会怀疑我，他们只会觉得我是个可怜人。

姜恩一共写了十二篇日记，我只发了十篇在网上，我撕毁了第十一篇和第十二篇日记，模仿他的字迹伪造了第十三篇日记。

为了配合姜恩日记里的流程，在他跟我说分手之后，我表现得很疯狂，仿佛没有他我真的会死。

我在社交平台上发"姜恩不爱我了，这人生没有意义"，甚至配上灰暗的图。

粉丝们疯狂劝阻我："小姐姐你快看看这个小号，这小号里记录了他控制你的事实！"

"美女不要冲动，他是个杀人犯，覃医生已经被他杀害，警方已经找到证据了。"

我哭得梨花带雨，去意已决，就在此刻，警察敲响了我的门。

他们告诉我，姜恩死了，他死在了开车回家的路上。

同一时间，警方也看见了我摆放在桌上的姜恩日记，他们认为那第十三篇日记就是姜恩准备杀掉我的证据……

因为，他们在姜恩的车上发现了毒药，毒药涂抹在精美的蛋糕上。

他出车祸死了，我没有吃到蛋糕，所以我现在才能活下来。

这世上啊……根本就没有什么百分之百匹配，你认为的命中注定，不过是别人精心策划的陷阱。那些看起来完美的契合，不过是对方刻意为之，对你的向下兼容。

我寻来了他的逃离，
寻来了父亲真正的埋尸处。
因为，只有他，
才能还原那个雨夜的真相。

文/狮心

记忆深渊

记忆深渊

文/狮心

　　耳朵很冻，周围只有风吹过时呼呼的声响。鞋子不知道掉在了哪一节铁轨上。每跑一步，都是刺痛。老树就在我的不远处了，也许在左边的轨道下面，也许在正前方。总之，这块黑暗的幕布下面，总有一个是他。天太黑了，远处镇子上依稀亮着一些灯火，却如同海上漂浮的浮标。和我同样的难受，也许是冰冷，也许是疼痛，也许是因为冷而产生的灼热感。

　　距离近了。

　　我知道他也跑不动了，特别是扛着一个孩子，我能听到他的喘息声。

　　前方有气笛鸣叫，车灯由远及近，随后逐渐变得强烈。因为近乎失去了听觉，近乎失去了距离感。我的面前只有色块和光谱，潮湿的，模糊的。

　　有机油味，火车近了。

　　车灯照到我的面门之前，我看到了孩子的那双眼睛、她细长的眼睫毛，以及那个敦实的背影，他离我竟然那么近。

我要抓到他了。

我要在这场雨停之前，抓住这个人贩子。

1.

刘河清望着蓝灰色的柜橱，站也不是，坐也不是。

自己是什么时候补充上卫生纸的？小叶放的？还是女儿放的？问题是女儿是当着自己的面走进来的。

这个暂且不管，桌上的那根香蕉呢，什么时候烂的？昨天不还是黄澄澄的吗？

"我好不容易请一天班来看看你，你就是要折腾我。"

"我怎么折腾你了？不爱来别来。"

"你不知道自己有糖尿病？还买这么熟的香蕉？我不能工作了，一天24小时都耗在你这儿，你就开心了？"

刘河清摆摆手，厚着脸皮笑了出来："怎么，最近又有案子堆着了？"

"和你有关系吗？刘警官。"

"呦，脾气大得嘞。问问又不死人的。"

刘河清起步于云江县铁路巡警，一晃眼也已经退休好几年了，女儿刘佳也当了刑警，当年那个乖巧的女儿，现在怎么看怎么烦，这几年脾气也和自己越来越像，执拗，臭脸。说什么都要和自己呛两句。

自己以前也是这样对爹娘的？

刘河清六十九岁了，但他不承认自己老，他觉得脑袋还清楚，例证是他可以通过几句对话、一些小动作，判断出女儿正在处理的案子的进度。比如现在，刘佳一脸不耐烦地帮自己收拾被褥，换新床单，连床单单角也没铺平，估计堆了不少案子。

刘佳也是三十好几的人了，就算离过婚又怎么了，自己不也离了？正是拼搏的时候，想当年，自己一个上午要用这双肉眼盯上小一万的人，哪有什么高科技，一眼就知道谁是小偷，谁没买票。

但女儿现在看他的眼神，让他觉得自己不中用了，甚至她还准备了五个袋子，每天穿什么，都给他搭配好了。

自己记忆确实变差了，可没到这一步。

他曾偷听到女儿和小叶的谈话，说自己得了一个什么海默症，记忆会越来越差，最后就变得什么都不记得了。

刘河清嘴上硬，心里还是怕的，特别是最近几个月，他感觉自己拿到了一张票，排到了一条长长的队伍里。距离检票员尚远，但队伍却一直在前进。

"不忙，我下午吃个饭就回局里。"

"嗯……嗯嗯，让小黄把生物信息部那边的资料去同步一下，人手一份。"

"对，确保人手一份，纸质的。"

刘佳的声音随着她的人越来越远。从二楼望去，刘佳边说电话边回头，父女俩对了一下眼神，刘河清挥挥手，嘴里喊着让她开车小心点。

一直看着刘佳的车开远，刘河清才慢慢走回房间。

房间内又只剩下寂寥。

刘河清看了眼挂在墙上的日历，抓起熟香蕉，盘算着什么时候女儿再来看自己。与此同时，一个女孩进入房门，他看了一眼，手上的香蕉掉在地上——女孩和刘佳长得几乎一模一样，或者说是二十岁左右的刘佳。

"怎么，你女儿刚走就拉着个长脸啊，老刘。"是小叶的声音。

"多管闲事。"

小叶也不气，慢慢悠悠说道："来，吃药。"

刘河清揉了揉眼睛，小叶好像重新长回了自己的脸，或者说，有了自己的面部特点。

最近这种情况越来越严重了，上次刘佳带着朋友来看望自己，自己是一点都认不出来，聊了几句，记忆才连接起来。

"外面那两个人在说什么？"

"隔壁203的？检察院的，说是连着丢了两个小孩。你说现在监控这么多，怎么还有丢孩子的啊？"

砰！心脏像是被一双毛糙的手按了一下。

"那机器再发达，总有死角不是？你以为每个城市都是云江？别说乡下了，很多镇子上，那监控就是个摆设。"

"老刘你懂得还挺多。"

"我就是警察！"

"是……抬手，把袖子卷起来，刘警官。"

看着手臂上的血压计，刘河清再次竖起了耳朵。

能住进这家养老护理院的，一大部分是干部，来探望的子女也很多是公务员。刘河清耳朵跟顺风耳一样，门外两人一个说这俩丢孩子的地方都有一条河，一个说捡到了天马牌香烟，和以前的一宗案子很像。

刘河清按捺不住了，直接冲出去，抓着一个男人的衣领问道："是不是香烟屁股上的齿印，中间那个最深，两边的分别较浅？"

两个年轻人面面相觑，刘河清一股脑地把自己三十年前办的那个案子说出来，对方象征性地应了几句，说会回去报告。刘河清还想说更多，但被小叶和两个男护工给搀回去了。

他面色赤红，他知道，老树又回来了。

刘河清拨打了刘佳的电话，换回来的是一阵喇叭声和女儿不耐烦的敷衍："知道了，这事不该你管，也不是我这块儿负责。知道了，我去说，我会说的。"

刘河清想，还是要去和岩松去说说。但等他回过神来，才意识到电话那边的人不会再回复自己了——岩松也死了很多年了。

房间内只有空荡荡的风声。

2.

晚上，刘河清躺在床上，戴着眼镜看短视频，他刷了几十条，心气还是不顺。手机也不灵敏，一直卡壳。

心烦意乱中，他对老树的记忆越来越清晰，老树身上有几根汗毛他都清楚。

第二天，刘河清一直守在电话旁。一天一夜了，没有任何动静，甚至连卖保健品的小琪都没打来。

那两个年轻人回去后到底说没说？

黄昏时分，他到底是忍不住了，去隔壁203号房问了张老头。一阵撒泼打滚探口风，他终于得到结论，老树又作案了，还在窜逃。

刘河清的腿隐隐发痛，刚站起来，却发现眼前的屋子那么陌生，好像一间自己从未走进来过的美术馆。他跌跌撞撞地打开了眼前的一道门，却重新回到了自己的卧室。

冷汗从刘河清的脑袋上滑下来，怎么回事，这坏脑子的病又犯了吗？

他做出一个决定，要在记忆彻底紊乱之前，抓住老树。

刘河清从抽屉里拿出了笔记本，上面记载了包括小叶在内的十二个护工的作息、查房时间，以及提前画好的周边环境。比较麻烦的是保安，这边招的都是三十岁以下的年轻人，身体素质很好。

刘河清打着哈欠，偷偷溜到一楼。

巡夜的保安楼上楼下来了几回，但他们一直看着手机，也没通过门口的小窗户朝里面检查屋内是不是有人。白酒和花生米的香味，从他们身上飘出来。

刘河清弯着腰，偷摸来到了花坛边上，伸手摸过去，从里面摸出了一个黑色袋子。他点燃里面的枯叶，等火星渐大后，覆盖上湿润的柴火。

对不起了老王，刘河清把这些柴火装进袋中，随手丢进了最外间王永海住的103号房。不一会儿，烟雾从里面冒出来。

"着火了！"

当他这么喊时，整个养老院乱套了，不少护工都是二十岁上下的小姑娘，哪儿见过这些，咋咋呼呼地叫来了一堆人帮忙。

刘河清趁乱逃出大门。

黑夜，凉爽的风吹着他的皮肤。

这种小伎俩瞒不过多久的，他关了手机，至少这三天，刘佳无法联系到自己，好在身上有六百多块钱的纸币。

刘河清走到汽车站，搭上了最后一班车，前往乾州李佳县黄口村604号。老树姐姐之前的夫家就在那里。

三十年前，警队动用了几乎一半的警力，蹲点在他老家，但实际这家伙反侦察早就逃到了这儿。

后来他姐全家迁到了城里，此地也因为种种原因没有重新开发，所以一半的房子都空置着，成了他关押孩子、联系买家的据点。

午夜的大巴车上，没有多少人，零星几个中老年人偷偷抽着烟，司机也没有说什么。颠簸让刘河清怀念起了千禧年那时候的路况，路面由大坑和小坑连接而成，好像要把人的脑浆颠出来。

连续三年间，至少有八起大大小小的儿童绑架案件在云江发生，当时负责案件的刑警岩松问遍了圈子里的人，以及被关押的罪犯，都说没有听说过，就像是石头里突然蹦出来一个恶棍。

事情发生的第二年，有不少孩子的家人自发组成团体，堵在门口，另一部分发动家族势力，想要派人去截住这个流窜犯，事情闹大后十几位相关的警察都被脱了警服。

只知道当时有幸运逃脱的孩子说，那个人贩子脚上有树木的文身，所以大家都叫他老树。

一次颠簸打破了刘河清的梦境。到达李佳县黄口村已经是凌晨，刘河清拖着佝偻的身体，踱步往前走，村口徘徊着不少警察，他躲在角落里，心脏怦怦怦地跳。

他打开手机，刘佳已经给自己打了无数个电话，甚至还发了短信告知，因为他的所作所为，103号房的王永海被吓到，深夜送去了急症室，如果他不回去，后果涉及刑事犯罪。

刘河清心虚地关上手机，狠心把注意力拉回眼前，他不确定村子里的警察是来蹲点老树的，还是来抓自己的。

他现在不能被抓走。

他低着头，从村镇口的服装店买了一件衣服，披在自己身上，装作一个农村老头，走进狭窄的小巷子里。那些年轻警员的目光不断在他身上游走，而老树姐姐的家就在前面的第四间屋子里。

刘河清缓慢地往前走，小巷子两边都是藏匿着的警察。风从耳边传来，刘河清感觉自己的步伐越发坚定，步速越发稳健，就像是一个二十岁出头的愣头青。

与此同时，有人拉了他一把——这个人他太熟悉了，是岩松。

"你不是死了吗，队长？"他愣住了。

"你是蹲点蹲傻了，还是脑子坏了？给我认真一点，盯紧那边的房子。"

"前面那栋？"

"当然了，犯罪嫌疑人很可能就在里面。你过去看下。"

刘河清凝视着岩松那张棱角分明的脸，他穿着一件千禧年时流行的皮革大衣，汗水从他的侧脸流下来。

"你看我干什么？去盯嫌疑人啊。"

"知道了，队长。"

刘河清半弯下腰，悄声走过去。他走了十来米后，往后张望，岩松和同事们的脸已经藏在了夜幕中，风中似乎又只剩下自己的声音。老旧的屋子此刻如同巨人，矗立在眼前。

"别出声！慢慢走上来。"一个硬物抵在刘河清的后腰。

是枪？身后的人是老树？原来黑夜掩盖了的房子边上有一条小道，那人就藏在小道里。

刘河清跟着声音往里走，他的直觉和背后的触感告诉他，那不是枪。他打算赌一把。

又往前走了几步，他突然转身，想要去擒拿对方。对方一个躲闪，竟然逃走了。

"别逃!"刘河清的脚下轻盈了许多。路灯下的摩托车镜子中,他看到了自己的脸,熟悉而陌生,不再佝偻着后背,是一张二十六七岁年轻而锋利的脸庞。

刘河清拔腿追了上去。这个地方错综复杂,岩松带着队伍跟在刘河清的身后,刘河清跟着男人跳进了一间昏暗潮湿的屋子,门缝背后,一个小女孩哭着捂着嘴,指了指台阶。

"老树!"刘河清仔细观察着四周,大声喊道。

"来抓我啊。"声音从楼上的空间传出来。

刘河清比画手势,让小女孩走出房间,他缓慢地踱步到二楼,这一层有三间房间,第三间透着一个门缝。

然而当刘河清小心翼翼地走过去,推开门,里面并没有人。老树从门后缝隙闪出,出现在他身后,刘河清侧过身体,一个重物砸在他的肩上,同一时间,他的脚也踢在了老树身上。

两人同时跌倒在地,刘河清呼喊着,但屋外却非常安静,一把54式手枪掉在地上。整个世界里的声音都被抽走了。头部的疼痛一直撕裂到肩膀,地面失衡了一般,东倒西歪。

他抢过地上的枪,对准老树的额头。

他在笑。

3.

一阵铃声响起,是手机设定好的闹钟。

刘河清手上已经全是汗了。

再次抬头,眼前什么都没有,没有老树,没有岩松和过去的同事,也没有枪,除了握在手里的手机。

他痛苦地喘息着,昏暗的房子里空荡荡的。酸痛从后脑勺一直蔓延开去。

也许他在周围,刘河清心里想着,往窗外瞄了一眼,本能地从另一边的楼梯下去,却一个晃神,差点摔下去。

他摸了摸自己的脸,再次感受到失去水分后血管凸显的苍老皮肤。整个空间好像隔了几十年，十分寂寥。

刘河清拍了拍脑袋，扶着扶手，缓步走出老树姐姐的屋子。

不远处，警察越来越多了，他在人群中看到了刘佳，她在和其他警察对话，眉头深深地紧锁着。

自己是什么时候暴露位置的？

刘河清揉了揉眼睛，眼前的村落已经和几十年前完全不同，瓦房也变成了小别墅。

赶在警察走过来之前，刘河清扶着墙，跌跌撞撞地走进了一户人家的院落，一辆摩托车停在院中。

他哼哧哼哧地跑进屋内，小别墅的客厅里只有一个抱着小孩的女人。

女人惊恐地看着他，顾及着怀里的孩子，没有靠近他。

刘河清已经盯上了茶几上的摩托车钥匙："对不起了。"

等到警察进入那户人家，刘河清已经骑摩托车跑远了。

冷风从头顶倒灌进来，他忘了几十年前的那一枪有没有开。

老树死了吗？如果死了，隔了那么多年，怎么会又出来犯事？模仿犯？

不，他没死，他又出来犯案了。

刚刚过去的二十分钟，刘河清反复回忆着每一分、每一秒。既熟悉又陌生的昏暗阁楼，布满灰尘的地面上有着清晰的鞋印……

隔了三十几年，那双青岛双星的波浪纹路鞋底如同印章一般，刻在他的脑袋里。

但不同的是，现场有四个鞋印！

除了过去的自己和今天的自己踩出来的印子以外，怎么凭空多出了一个人？

刘河清拍了拍脑袋，脖子一扭，视线便天旋地转起来。前面是一辆大货车，司机紧急打了一个方向盘后，避开了他。但刘河清还是摔在了地上。

他一瘸一拐地扶起车身，记忆里好像有一块拼图始终没有拼上去。

多出来的那个人是谁？

而另一个声音从脑袋里传出来。

你这次溜出来，想要找到老树，真的是为了救出被拐走的孩子？还是为了你自己？

4.

南站进进出出的人，都带着一股冷漠和机械般的效率。偶尔有几个面容苍白的，很快就背上行囊跑起来，把更多看不见的深压心底的情绪和感知留在了座位上。

刘河清用冷水冲刷着脸，搓洗着手腕上的擦伤。

好在腿没有断。

他去售票处买车票，却被告知只能用手机支付。

"钱，我有钱！"

"不行，现在推行数字货币。"

"纸钱就不是钱了？"

一个中年女人赶紧让坐在柜前的年轻女孩闪开，她笑容可亲地说道："大爷，主要是今天我们的零钱储备不足，您要去哪里，如果是整数的车费，我现在就给您订了。"

刘河清愣在原地，是啊，自己要去哪里？

后面的催促声一次次地传来，刘河清低着头，打开手机，点开微信，回想起去年刘佳帮自己买票去扬州的记忆。

出去玩，都是刘佳来操作的。

不一会儿，刘佳的电话打了进来："刘河清，你疯了吗？你现在已经不是偷偷溜出养老院那么简单了你知道吗？你已经犯罪了，你到底要干吗？"

"老树现在抓到了吗？"

"老刘，你想怎么着，还以为自己是警察，想一个人去抓他？"

"他又出来了是吧？"

"老树已经死了！不是他！你清醒一点！"

刘河清挂了女儿的电话，她也觉得是模仿犯？不可能的，就是他。

他去买了瓶水，借用了小超市的厕所，走出来时，天空暗了许多，点点细雨掉在台阶前。

他愣住了，刚才超市前台收钱的胖女人，现在变成了一个秃顶的三十多岁的男人，此刻正在翻阅着手上的报纸。

"多少钱？"

"别开玩笑了，小刘，你来我王哥这儿买东西还要给钱？"

刘河清在超市的镜子里看到了一张二十岁出头的脸，眉间带着一些冻霜。

"今天天真冷啊。"

"那可不，冻得人直哆嗦。"

"今天应该没多少人来了吧，还巡逻呢。"

"那来不来人都得巡逻啊。"

这是 1984 年，刘河清被公安系统分配到了云江铁路局做一名巡警，当时最大的案子就是人口拐带案。

有人说代号老树的人贩子已经逃跑了，有人说还在市内。一时之间人心惶惶，孩子放学后，都有家长堵在学校门口，亲自接送。

为数不多的重要警力都投入在了几个大站，而像是郊区这种刚建的南站，则没有多少人蹲点。

刘河清搓着手，走进候车大厅，眼镜上立刻起了雾。室内也就三十来个人坐着，背靠着背睡觉。

刘河清干警察刚满一年，看得出来能安心睡觉的，至少是距离发车时间还有四五个小时的。更多人则是在看连环画小人书，公用电话亭外排了不下二三十人，队伍却一动不动，听说电话暂时用不了，但他们还是不愿散去。

刘河清拿着手电筒走向铁路后门，晓鹏裹紧衣服，发着呆抽烟，不知道想什么。

他是几个月前刚分过来的，比刘河清还年轻两岁。

刘河清想到一年前，自己在冰天雪地里站岗的情形，瞬间开始同情他。

回到候车厅，刘河清用衣角擦了擦眼镜，看到角落的座位上坐了两个男人。值得注意的是，两个男人怀里抱着一个婴儿。其中一个男人三十多岁，剃了寸头，身上穿了一件有点偏大的西服，另一个男人更高一点，手长脚长，光是看脸瞧不出年轻来，只是一脸的紧张。至于他们怀中的孩子，看起来已经一岁左右了，但是没有哭闹。

刘河清刚想转身，脑袋像是过电了一样，下发的通知上说，老树抢走的就是一个一岁的婴儿。

刘河清用余光看向角落，为什么是两个男人抱着一个孩子？孩子的母亲呢？并且在他观察的这段时间内，孩子一直没有哭过。

他假装查票，从坐在长椅这端打瞌睡的老年人开始搭话、询问，一点一点靠近角落的这两个男人，这之前，他只把目光对准每位候车的乘客，并且劝说一名女性换了另一排座位。

刘河清走到了两人边上，开始搭话："孩子挺胖啊。"

"啊，是。"

"几岁了啊？"

"一岁了。"

寸头男盯着自己，各种情绪依次出现在他的眼睛里，但最后归于平静。他点了一根烟，另一只手放在口袋里。

通报里说过，老树身上有凶器。

"看下身份证呗。"

寸头把身上身下掏了一遍，摸出一张皱巴巴的纸，萧强东。

"你的呢？兄弟。"刘河清看向了旁边那个瘦高的人，"今天要不是车辆晚点，上面也不会让我们出来执勤。"

对方低着头，摸索了半天，却拿不出来。

"你不是放在你左边口袋里嘛，小江。"

"啊……"瘦高的年轻人这才缓慢地拿出身份证来，他的脖子红了一大片。

"哦，李江。"刘河清把身份证还给男人，用轻松的语气随口问道，"孩子妈呢？"

"他妈……孩子妈……"

萧强东抢过李江的话头："我媳妇先回老家了，我们兄弟两个带着娃回去过年。"

"哦，回去过年。"

刘河清手心开始出汗。

他们在撒谎。这两人身边除了一个小皮包之外，根本没有什么大的箱包。

"能看下票子吗？例行检查。"

萧强东的身体在一瞬间突然紧绷了起来。而更令刘河清焦急的是，在他们"谈心"的这两分钟里，孩子不仅没有叫喊，甚至连微弱的起伏都没有。

这不对劲。一股电流从刘河清的肩膀，传递到了手指。

不会这么巧合，真就遇到老树了吧……但这里有两个人啊，难道是上午发的通报错了？萧强东和李江都是老树？萧强东的手一直放在口袋里，里面有刀，还是手枪？

一瞬间，无数的念头在脑海里出现，他真蠢，不该这么打草惊蛇的。

车站内只有三名警察，根本不够火力压制，如果要联系最近的派出所和刑警，最快也要十五分钟。

刘河清看向外面，雪越来越大了，路面已经被大雪全数铺开了。

通报上确切地写着，老树拥有致命性武器。

刘河清一直盯着萧强东的手，那只手缓慢地移动着。他无法判断裤子表面的形状下面是什么。

手伸出来了——是一包烟。

萧强东抽出一根烟来，笑嘻嘻地递过来："对不起啊，警官，这事闹的，我和我弟今年生意都没做好，所以……"

"所以是从后门那里溜进来的！"李江抢答道。

"那也不能逃票啊！"

"是是是，领导，下次不会了。"

"你们去哪儿啊？"

"江口。"

"你们等着，我去拿票单，你们补一下，下不为例。"

"好嘞。"

转身之后，刘河清的手心已经湿透了，他感受到一股强烈的视线正盯着自己的后背，不过几分钟，猎人仿佛变成了猎物。

他确定了，这个人就是老树。

刚才萧强东递烟过来时，刘河清屈腿蹲下，靠近了他，顺势用手背碰到了奶瓶，凉的。

他的女儿刘佳也是这个岁数，他知道奶瓶绝对不可能是热的，也不会是凉的，因为孩子随时可能会饿，一定是保持在温热的温度。

这两人都没有带小孩的经验，很可能是在奶瓶里下了药粉，让孩子睡着了，所以孩子才不吵不闹。

冷静下来！

当下最重要的是聚集所有的警力，并且通知上头，而且要悄悄地疏散在场的二三十个乘客。

他来到了警卫室，老王跷着腿打呼，桌面上是一瓶白酒和一包花生米，电视上放着联欢表演。

刘河清心一沉，还是立刻叫醒了老王，把情况简单地和他说了。老王打着酒嗝，一边搓手，不停念叨着，这可怎么办。

"打电话啊！"

老王面如死灰："雪越下越大，电线被压坏了。要过年了，抢修队的人还没来，估计……"

刘河清透过窗户望向窗外，车站外白茫茫的一片，像是平静而愤怒的大海，南站变成了一座起伏的孤岛。整个南站只有三名警察，没有配枪。

现在有两个问题，第一，是让老王出去通知最近的8公里外的警局，还是集合三人先行一步制服老树那两人？第二，要怎么通知到晓鹏，让他从铁路后门进来，而不是通过候车室？因为一旦另一个警察到了警备室，老树一定就知道了。

时间一分一秒地消耗着。

"镇定点，别看那边。"

"好好好。"

刘河清拉出抽屉，拿出了票本和圆珠笔。他在试图向晓鹏挥手时，发现角落里的三人不见了。

"不好！"他们比自己的行动更快，更雷厉风行。

刘河清头皮炸了，他让老王去带人来，自己顾不了那么多，先通过候车大厅，冲到了月台，却发现在后门处的晓鹏已经倒在地上。

"哥，那边。"晓鹏腹部中弹，嘴角含血，刘河清在前方铁轨上看到了逃跑的两人。

"别逃！"

黑夜，冰冷的雪中混合着一些雨水，随后越下越大。刘河清看到两个模糊的身影在前方晃着，因为没有周围的参照物，所以刘河清并不知道对方距离自己有多远。

"别过来！"

一声枪响，果然，老树带着枪支。从声音的方位看来，距离很近了。

雨夹雪飘进了刘河清的喉咙里，像是含着冰晶。

前头汽笛响起来了，火车要来了，车灯照亮了眼前的一片，就在五米开外。刘河清憋了一口气往前追，终于把萧强东和李江拉住，三人缠斗在一起。刘河清用手抵住了萧强东手上的枪支，不让枪口对准自己的腹部。

"来帮忙啊！李江！"

"呜呜呜。"

"快来啊！被他抓到了，我们会一起死的。"

"不是我，不关我的事。"李江哭着抱住孩子。

三人相互缠绕，交织在一起，不知道是谁发力了，在火车即将要碾压一切的电光石火间，几人默契地一起摔到旁边的铁轨渠道下方。

刘河清浑身酸痛，也许腹部被雨泡过的冷硬石头撞到了，也许是被子弹贯穿了，但血液涌上大脑后，意识提醒自己，他还活着。

他缓慢地起身，眼前有一把枪，李江蜷缩着，怀中还抱着孩子，那孩子终于哭了，明明背景是火车驶过，开天辟地般碾压一切的声响，但孩子的哭泣声却很响亮。

李江下意识笑了一下。

下一秒，刘河清看到了背后的萧强东，他的手上抓着一块石头朝自己砸来。

头部再次遭到了撞击，在抢夺中，谁也没有意识到是谁扣动的扳机。

萧强东倒在地上，李江惊恐地看着这一切，向着前方的林子中跑去。

"别跑，回来！"刘河清越跑越慢，雨和雪覆盖在他的身体上，像是帮他裹了一层膜。

膝盖处的伤口越来越疼，步子迈开的也小了。

手上残留着某种触觉，像是某种名叫死亡的实体。

"刘河清？"身后百米的距离，他似是听到了有人在叫他的名字。

听力再次变得模糊，他像是沉在水中，岸上的人隔着某种介质，在呼喊着他。

"刘河清！"

刘河清发现自己正一瘸一拐地走在铁轨下侧的旷地上，身后是刘佳带来的警察。现在在运江，高铁站都建造了三座，南站完成了它的历史使命，这几年绿皮火车的发车次数逐渐减少，站头仍保留着老式风情，成了一些影视剧的拍摄地点。

老树确实已经死了，但是没有人知道老树是两个人。

他要确认一点，当年从他手上射出去的子弹是几颗。

那个叫李江的瘦高个男人，自己有没有杀死他？

尽管没人知道，但这就是自己逃出养老院的真正原因。

自己枪杀了萧强东后，赶到了李江身边，李江向自己求饶，随后……

刘河清把孩子交给了当时的队长岩松，是他抓住了萧强东，破了案，立了功。那之后的几年，那些挖铁铲、刨洞的画面，一帧一帧地出现。现在，年迈的他来到了当年那棵树边，双手挖着坑洞。

终于可以真实地面对自己了。

如果因为警察调查老树，查到了这里，那么被他藏起来的尸体就要被暴露了！

手指甲上都是泥土，刘河清明年就七十岁了，他的动作很慢，但每一下都用尽全部的力气，心肺也无法支撑自己继续这么做了。

鲜血沿着指甲流进泥土里，被树旁花的根茎吸进去。当大树下面那个坑洞逐渐出现了之后，他才发现里面躺着一个人。

周围出现了很多脚步声。

"找到刘河清了。"刘佳出现在他身边，穿着警服对着对讲机说着话，同一时间，四周突然冒出来很多警察，把刘河清按住了。

"爸，我找到你了。"

"佳佳，李江在这里，不，我不知道他是谁，我怎么在这里？"

"别装了，老头。"

"我真的不知道为什么李江在这里。"

"李江？"

"如果这具尸体是李江，那么你又是谁？"

刘河清看着穿着警服的刘佳盯着自己，被包裹在平静之下的眼神中，饱含怨恨。

5.

刘河清死在三十多年前的雪夜，那年我刚出生，母亲抱着我从家走到南站，穿过一辆又一辆绿皮火车，去搜寻他的尸体。

有人说听到了枪声，有人说看到他追出去了，但没有再回来，也有人说，他被犯罪分子捆绑在铁轨上，被火车压过后，尸体分散在各处。

那个年代，刑侦技术不足，DNA之类的技术还未普及，也没有禁枪，即便出动了上百名警员，也没有找到父亲的尸体。

这些话我都是后来听岩松叔说的，那一晚改变了多个家庭的命运，守住后门的晓鹏叔叔也死在那个晚上。母亲不信，后来的五年，她一直在寻找"走丢"的父亲，导致她精神异常，是岩叔一直在照顾我们母女俩。

岩叔把我们照顾得很好，但还是有一些声音——老树萧强东中枪了，孩子也找到了，但我父亲刘河清却消失了。有人说是他畏罪潜逃了，甚至有人说老树是两个人，父亲和萧强东是一起的，是父亲打伤了晓鹏叔和老树，最后因为害怕暴露，自己逃跑了。

因为母亲和我说过关于父亲的一切，我绝不相信这可笑的谣言，但为什么他开枪射击了老树后，人就消失了？如果是正当行使自卫权，那情急下夺枪击毙犯罪嫌疑人是完全合情合理的。

为什么父亲消失了？

我觉得只有一个结论，当时有另外一个人，是他杀死了父亲，并且带走了他的尸体。

那么真实的那个雪夜是怎么样的呢？

这变成了一个谜，笼罩在我的青春期。它促使着我走上了警察的路子。

几十年后，李江的远房亲戚因为行贿被公安逮捕，录库血液鉴定时，才发现此人的DNA和当年南站萧强东手上的DNA比对极为相近。

萧强东当年的指甲缝中有着刘河清和另一个人的样本——李江，这个藏匿在阴影中的人。

直到我找到这个人时，才发现他的记忆陷入了混乱，并患上了阿尔茨海默病。他一直以来都独自生活在城中村中，直到我以邻居的身份靠近他，住在他身边。而当时的他已经记忆混乱，甚至会搞不清楚自己的身份，也许是某种赎罪机制，也许是疾病带来的后遗症，他居然把自己当成了我的父亲——铁路巡警刘河清。

在心理专家的建议下，我逐渐把他生活中的一系列东西替换掉，并且扮演他的女儿长达一年的时间，他的情况越发严重。

我做了一系列的准备，引导他成为真实的"刘河清"，比如把父亲的衣服、遗物、一些日记，替换在他的屋子内，并且接他去了养老院。我的丈夫扮演养老院的院长，一点一点触发关键词，被构建了记忆迷宫的李江，越来越陷入刘河清的人生中，直到号称老树的那个人再次出现。

我等来了他的逃离，等来了父亲真正的埋尸处。

因为，只有他，才能还原那个雨夜的真相。

"说吧，那晚的真相。"

审讯室里的那个男人，目光呆滞，与最初见面时看到的一样。这个问题一年多以前我就问过他了，当然，他什么都没说，因为没有证据，也不能立案。警察不能使用暴力，特别是对一个近七十岁的老头。

那天晚上是不是真有另一个人，萧强东指甲中多出来的DNA只是无辜路人的，还是他的同行者，我一定要查出来，哪怕岩叔说过这是无用功。

他错了，现在一切的努力都有结果了。

"我以前问过你吧，记得吗？"

"记得。全记起来了。"

"说吧。"

"我和萧强东是同村的，我们从小就认识，我是在坐车回家的路上遇到他的，他手里抱着一个孩子，他说是他的，但是我知道就是他拐来的。那个时候老树的事弄得满城风雨的，我不想扯上关系，想走，但是他的枪口对准我，他让我抱着小孩，一些需要用身份证的地方都用我的身份。他知道等上了车，也一定会被查，所以让我抱着小孩，他在我旁边，不让我多说话，就算被拆穿了，他会自己逃走，把我扣下来抵罪就好。

"当时雪太大了，外面的电话亭都坏了，人都堵在外面，电话打不通，刘警官过来了，我不知道他有没有发现什么不对劲的，我感觉没有，他来问了几句就要走了，我当时很着急，觉得警察走了就没机会了，于是就和萧强东说自己要上厕所。我看着刘警官越走越远，去了警备室，但我不能进去，我知道萧强东在后面盯着我。

"我想逃，于是我从厕所的后窗翻了出去，结果没想到外面还有警察，他跑上来问我在干什么。我话都说不利索，只想逃，然后萧强东就从后面追了上来，那个警察什么都不知道，就被他开枪打死了。真的，血一下子就流了出来。

"枪声吸引了更多人来，我就往前逃。我太害怕了。火车来了，我看到他们扭打在一块，然后枪就掉在地上……"

作为当事人家属，我在审讯室外，无法直接介入，但隔着玻璃，我看到李江的眼睛呈现一种痛苦的瞳色，他的手颤抖起来，用左手紧紧地抓着右手的手背。

"然后呢？你就杀了刘河清？"

"我捡起了枪，刘警官他一直追我，一直追，萧强东已经倒下了,他还不放过我。我一直跑,他一直追,我跑不动了,我说我是被逼的,是萧强东强迫我的,他说了什么话后,想夺过我的枪,我开了枪,但没子弹了,我就抓起石头砸了他的头。一下,两下……"

"那后来你为什么要把刘河清的尸体埋起来?"

"因为我害怕你们查出来还有另一个人。"

李江哭了起来,我没有哭,只是不自觉默念着:"因为我父亲当时没死,你害怕他康复后认出你的脸!他是被你活埋的!"

隔着玻璃,他听不到我的声音。我强迫自己冷静下来。我是一名警察。

"是我开的枪,所以我把人和枪都埋了,然后逃走了。我后来一直在想,如果我早点开枪打死萧强东,会不会就不至于死那一个警察了,他是好人,一直劝我回头,但萧强东说,一旦上了车,我就已经是同犯了,警察不会认我的话。呜呜呜。"

"继续说。"

"一直以来我都过不了那一关。后来的很多年,我都躲在外地,事情过了十年我才敢回来,然后我去找到了那个警察的女儿,一直关注着她和她母亲。"

我捏紧拳头,控制着溢出头皮的恶心感。后来,李江还说了很多,我已经听不下去了,至于他是不是在说谎,痕鉴师和法医会从爸爸的尸体上做出回答的,我所需要的只有等待。

问讯结束后,我一直没有走,我想最后和他说几句话。

一开门,我看到他看我的眼神。

"佳,我怎么在这儿,我们不回家吗?"

他还以为我是他的女儿。

他是在伪装,还是又开始犯病了?

"等等,等一下回去。"我居然下意识地搭话。

我本可以拆穿他,撕下李江的这张记忆的外皮,但在我面前的只是一个老人。某种程度上,他的记忆,是我与父亲最后的链接。

在配合扮演"女儿"这个角色的那一年半里,有几个瞬间,我真的感受到某种病态的温暖,甚至想要继续下去。

也许我也病了。

"我想上厕所。"李江举手之后,由人搀扶着走出了审讯室。

我不放心地跟上去,只见厕所的门开了一条缝,有哭声从里面传出来。

我一点点走过去,看到他在对着镜子说话。

"为什么?老树,为什么你还不说出真相?"

我按捺住扑通扑通的心跳,镜子里的脸一半在笑,一半在哭。

"我忘了呗。"

那么,真相到底是什么呢?

她的痛苦来自我。

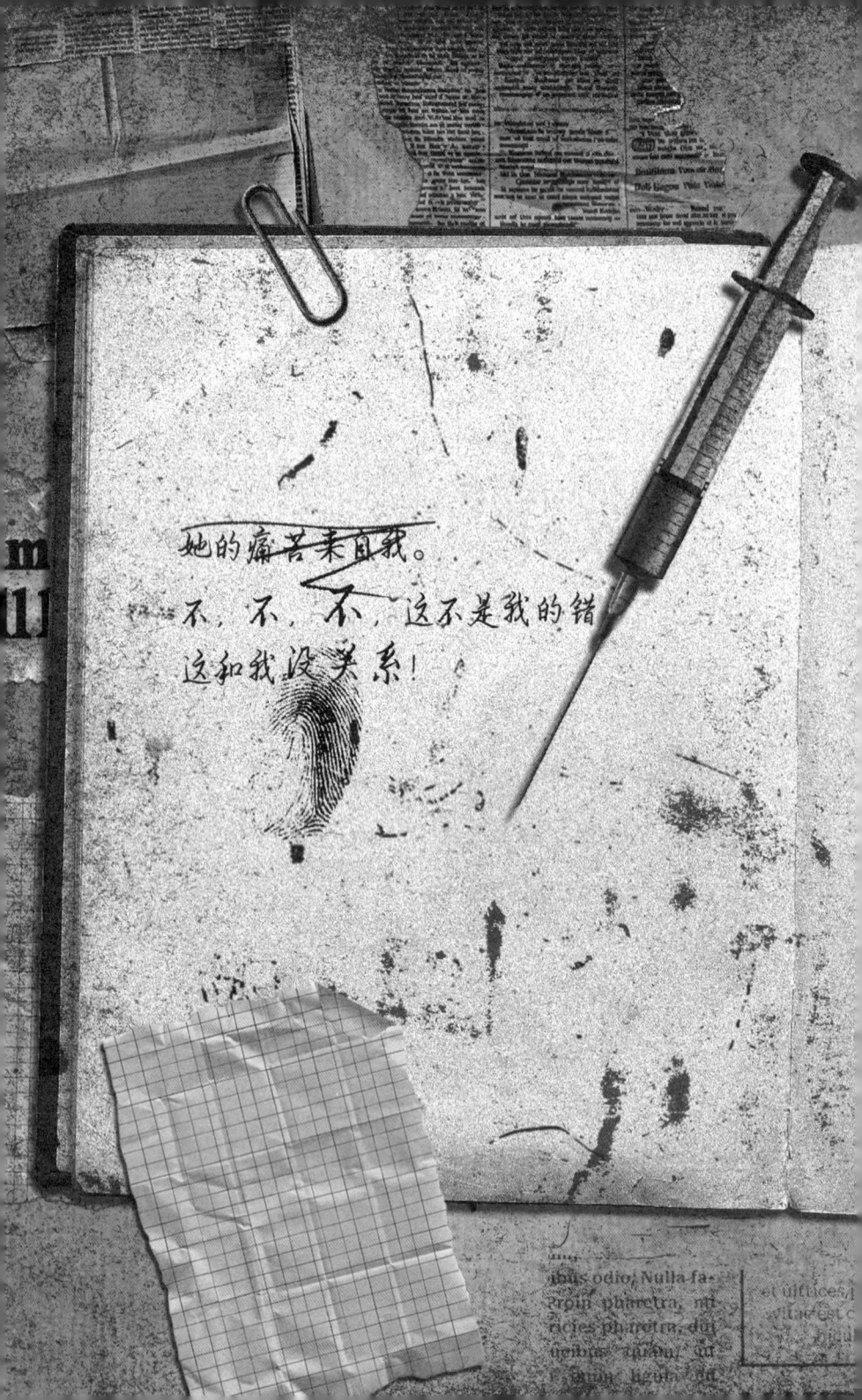

不，不，不，这不是我的错
这和我没关系！

文/酒九

我没失恋

07 我没关系

文/酒九

1.

这周五，我把我妈送去了精神病院，医生对我说，她的疾病是因为压力导致的。我问："不遗传吧？"

她没说话。

我说："我不喜欢你的眼神。"

她让我去缴费。

医生肯定觉得我是一个奇怪的人。她会越来越鄙视我，因为我妈就是那样一个人。

晚上，我告诉老公医生要我辅助我妈治疗，让我回忆过去，最好是写成日记交给她，这样她可以找到压力的来源，从根上解决问题。

"那就找啊。"他说。

"她能有什么压力？她这辈子都在不停地告诉所有人她很可怜，现在我就是她讨取同情的受害者。"

"但你妈确实病了，那就确实有压力呀。"丈夫说，"我们要解决问题，好好想想吧。"

好好想想吧。

日记1：

如果要追溯到最开始发现我妈不对劲，是因为我拿到了她的体检报告——病人王慧，腰肌劳损，多见于长期久坐或是干重体力活。

她已经六十岁了，也许吧，反正是过了退休的年纪，每天除了吃喝遛弯，没什么要做的。我给她请了保姆，没过半天就被她辞退了，钱原封不动地打回了我的账户上。

好在劳损情况不严重，她又再三保证会正常用药，事情才不了了之。

直到几个月后，我发现她走路的姿势越来越迟钝才开始怀疑，趁她上厕所的时候去检查了她的床头柜。

"一天两片，三号拿的，十五减三乘二……"我把剩下的贴片倒出来数，见数量没错，还没来得及松口气，就看见柜子上的照片。

她把自己和我爸从照片里裁了出来，平均剪成了四份。相框左上角贴着她的上半身，左下角是她的下半身，右上角贴着我爸的上半身，右下角是下半身。至于最中间，是我穿着婚纱，捧着花在对镜头微笑。

惊悚和回忆同时扑面而来。我看着我爸的脸，心想自己多久没有见过他了？

2.

在我小的时候，我最爱爸爸。

懂了点事之后，我觉得他是个可恨的男人。

等到他离开我们，我又慢慢发觉出他其实是一个倒霉蛋。

他的工资没我妈高，不会做饭，不会洗衣服，很会看电视，以及在我妈拖地时把脚抬起来。不过这件事他也不太擅长，因为他抬不了多久就会开始抱怨。

我小时候坚定地认为，家里的一切矛盾，都是我妈在没事找事。每次她把自己关在房间里哭的时候，我爸都会躲进我的房间，他说："你妈老把自己搞得很累，其实根本没必要。她一旦觉得自己受苦了，我们就都不能高兴，要陪她受罪。你长大以后可不能这样。"

我似懂非懂。

至于他们分开，也是因为我妈的哭泣。

日记2：

那天是妈生日，爸拉着我们去游乐园，他说："今天的任务就是陪你妈，能不能完成？"

"保证完成！"我挺胸敬礼。

那天有一个很棒的上午，很棒的中午，以及很糟糕的晚上。

太阳快要落山的时候，他们吵架了，我不知道是因为什么，只顾着害怕今天的快乐会戛然而止。

爸离开了一会儿，等他再回来，手里拿着三张摩天轮的票。

我从来没坐过摩天轮，它转一圈要二十块钱。

妈让爸把票退了，爸问："为什么要退？你不想坐吗？刚才不是还想坐的吗？"

妈露出不知所措的表情，在我的欢呼声中，被爸牵着往检票处走。但她依旧不高兴，因为吵架的根源没有解决。

前面排着很长的队，站了一会儿，她说："退票吧。"

"为什么，你不想坐吗？"

"太冷了，还要排好久。"

爸摸摸她的手，说："你去检票亭接点热水，带着女儿去，我一个人排就好了。"

她不动，又排了一会儿，表情越来越闷。等前面的队伍越缩越短，她越是频繁地叹气。

"把票退了吧。"妈不知道第几次这么说。

"为什么呀?"

"我害怕,太高了,我不想坐,真不想坐。"

爸终于弄懂了她心里的想法,整个人都轻松了很多,把她搂进怀里,说:"我怎么不知道你恐高?咱家还没坐过摩天轮呢,他们说这个不吓人的。"

"我害怕,真害怕,算了吧,算了。"妈不停重复,神情从郁郁寡欢变成焦虑,并时不时地深呼吸。

"那我把票退了?"爸问。

"你想坐是不是?"妈问。

"我想坐,你不想坐,那就算了呗。"

她又不说话了。这时,正好排到我们,检票员抽走爸手里的票,帮我们做了决定。

接下来的二十分钟里,准确说是坐进摩天轮的那一刻,妈就恢复成了吵架前的样子,她的头一直面向窗户,对着城市星星点点的灯光、马路上川流不息的小汽车赞叹。

"好玩吗?"爸很得意地问。

"好玩……"她说,"真好玩,真的挺好玩的。"

我看向窗外,在玻璃窗的反射中,恰巧瞥见了妈的脸,她的表情和语气全然不符——没有一点笑意,眉眼带着忧郁。

我有了一种很强烈的感觉,她并没有在看窗外的景色,只是在望着自己的倒影出神。

我以为那是我的错觉,因为回去的路上,爸一直在回味摩天轮,他自己讲两句,就要问问妈,妈的回应也是处处都好,更使他兴致盎然。

然而,那并不是我的错觉,因为晚上他们就爆发了争吵。说是争吵也不准确,他们从头到尾都没有提高过一次声音。

妈说:"我只是不明白,为什么我总要去做我不想做的事。"

"你不想坐你就应该说。"

"我说了很多次了，很多次，你不知道吗……"

"我看你也不恐高。"

"对，我从来就不恐高，我一点也不恐高。"

在她定定的注视下，爸终于露出诧异的表情，我想，这反应是妈期待的。她又说："我在上面也不开心。"

"一点也不？"

"一点也不。"妈坚定地说，"我对它一点也不感兴趣。"

"那你就应该说！"

"那种场合我怎么说？钱都花了，人都上去了，我说不出这种话，你在强逼着我表演开心，在强逼着我不扫兴，在我生日的时候，让我忍着难过……"

"那你现在为什么要说？"爸打断她。

"我就是不明白，为什么，为什么总是我来照顾你们的感受！"

"谁让你照顾了？你总是在干这种事。"

后来，在凌晨两点，爸收拾东西离开了家。

我站在卧室门边，看着妈捂着脸哭泣。我不知道该说什么，逃避着回到了自己的房间。

3.

之后很多年，我只见过我爸几次。

他们没有离婚，只是各自生活着，直到因为我结婚重聚，表达了祝福。

"我那个时候可怜他。"我对丈夫说，"你说，他当年要是选了一个对的人，后半辈子就该有一个家庭。"

"那就没有你了。"丈夫问，"所以你妈为什么要把照片裁成那样？"

"我怀疑……她精神可能出了问题。"我感到羞耻，"这不是正常人会干的事。"

"不至于吧，要不再观察观察？"

我沉默片刻，突然想起固定在我妈家各个柜子顶端的监控器。它们是我妈买回来的，但我一次也没有连接过。

日记3：

两年前，妈在洗澡的时候滑倒，因为手机在外面，耽误了很久才得到救治。自此，我就总感觉焦虑，怕会发生更严重的事情。

于是，我每天下班之后都会骑半个小时的车，去看一眼妈，免得她出了什么问题却不说。

冬天越来越冷的时候，妈突然神神秘秘地拉着我，指着高柜顶给我看。

"监控器？你买这个干什么？"我问。

"这不是不想你来回跑吗？"妈局促又期待地等着我的反应，把我带去厨房、卧室，甚至厕所——数个突兀的黑色圆球扎根在房间里。

我不知道该做什么反应。

如果是我，绝不能接受自己被如此全方位、无死角地监视。从挖鼻屎，到给别人打电话，我说了什么，做了什么，即使没被实时看见，也能随时被调取出来。

"这样我干什么你都知道。"妈说。

"把它拆了。"

"拆了做什么？好不容易装上的。"妈嗔怪道。

如果是我，我更不能接受被自己的孩子如此管教，我觉得耻辱、窒息。

"把它拆了！"

妈被吓了一跳，但她还是执着地把监控序号和软件连接发送给我。

"你现在是不是觉得你自己可伟大了？"我冷冰冰地说，"别人到我们家，看见到处都是摄像头，都会觉得你在包容我发疯，你真了不起啊。"

"你怎么会这么想?"

"对,我就是这么想的,我不会看的。"

"我钱都花了……"她不知道该怎么办。

我拿起外套拉开门,只丢下一句:"那关我什么事?"

走下两层后,我停下脚步,迟迟没有听见她的关门声。

我缓缓蹲下来,坐在台阶上悄无声息地喘息,就像她一样——她一定也坐在地板上,和我发出同样痛苦的喘息。

我不知道该怎么办了,我不想跟着她一起伤害她自己,也不想打击她的好意、否定她付出的时间和精力。

我们总陷在这样压抑的怪圈里。

4.

"你妈可能真的不在意。"丈夫说。

"怎么可能呢?"我很笃定地说,"她不可能不在意。我真信了她,我就完了,只要逢年过节,她都能把这事拿出来说。"

"我觉得,你在为没发生的事情生气。"

"因为我知道它一定会发生!"

我不想和丈夫辩论,拿出手机下载软件,把那一排序列号输入进去。

妈并不知道监控器已经连通,她正绕着客厅迟缓地行走。

已经晚上九点了,电视没有开,房间里显得昏暗冷清。她的每一步,似乎都在我为人子女的良心上捶打。

大概走了有二十多分钟,她把衣服脱下来,拿去厕所清洗——完全没有用洗衣机的意思,拿出盆坐在小板凳上开始手洗。

我起先不觉得有问题,直到她一件短袖洗了足有半个小时,先是左边袖子、右边袖子,再是左衣摆,接着是右衣摆,然后又去搓左边袖子、右边袖子……

"你妈像动物园里刻板行为的熊。"丈夫说。

我没理他,把音量拉高,听到妈的嘴里念念有词:"二十,二十,到二十就停，好吗？"

是要洗二十遍吗？

但过了一会，她又开始说："三十，三十……"

"你知道她腰肌劳损是怎么来的了吧？"丈夫问。

是的，可是，为什么会这样？

终于，在我即将忍无可忍，要打电话过去暴露自己的时候，她停了下来，把衣服晾好，回到了卧室。

她却并没有睡觉，而是开始摆放屋子里的各种东西——桌面的四个角都放上抽纸；从柜子里拿出拖鞋，四个一组排列在床的四角；两个枕头分别从枕套里拆出来，枕套摆在头和脚，枕头摆在左右手。

她则直挺挺地躺在床的正中央，像是祭坛上的祭品。

她的模样因为这些动作让我感到陌生，然而她并不认为自己的举动骇人，脸上挂着某种苦涩的微笑。

我无数次见过这种微笑，也无比痛恨这样的微笑。因为它的出现从来都伴随着一些特定的话语：我没关系；你别管我；你过得幸福，我就幸福。

就像爸说的那样，我逐渐清晰地意识到这是谎言。

日记4：

在我工作第一年的假期，我给自己定了去泰国的机票，妈得知之后百般阻挠，发给我抢劫杀人、器官买卖的推送不计其数。

最后，在我的坚持中，她问："你非要去是吗？"

"对，我想去。"

"那我跟你一起去。"

"你去干吗？"

"我不去怎么办？异国他乡的，你要害怕的。"

"我不害怕。"

"等到时候你就害怕了。"

我那个时候更像是在赌气，同意她跟着我一起去，但没有为她改变任何行程。

那场旅行，从头到尾她都没有任何抱怨，但我能感觉到她也没有任何兴趣。不管什么景点，我走她就走，我停她就停。

逛大皇宫的时候，她和导游一起坐在出口的台阶上；到了玉佛寺，她又和一群逛累了的旅客坐在亭子下，坐了有一个多小时。好像她来的目的就是看我玩过一圈，等我把她带去下一个地方。

到吃饭的时候，我挑了各种口味的海鲜，她却只顾着吃最便宜的糯米饭。我一不留神，她就吃完了一整碗，然后又去夹第二便宜又很占肚子的煎饺。

"吃虾。"我说。

"吃着呢，吃了好多了。"她撒谎。

我忍着没回应。到走的时候，她看着桌上的剩菜问："要打包吧？我去付钱？"

"打什么包？不要了。我付过钱了。"

"还剩这么多呢。"

"我说不要了！"

从饭店出来，妈像个犯了错的小孩跟在后面。我想和她道歉，却不知道该怎样开口。

最后几天，情况更糟，一次在海边她突然问我："你是不是不高兴呀？"

我反问她："你看不出来吗？"

"跟妈妈说说呀。"

"好，"我深吸一口气，"我不需要你给我省钱，我也不需要你陪我到处跑。你想做什么就去做，不想做什么就说出来，这很难吗？我真的好累，不管我做什么，你永远一副受委屈的样子。"

"我没有……"

"对，因为你靠自虐来满足自己，我们都是压迫者，你永远在妥协，妥协会让你觉得自己伟大，伟大会给你带来快感。"我越说越难以控制情绪，用手指着妈的胸膛，"你心里永远在唱道德大戏，你踩在我、我爸、所有人为你搭的戏台上。"

之后，我甩下她快步走开，停下回头的时候，已经距离很远了。夜色中，妈低着头默默沿着海岸线向前，椰林下一群穿着亮色泳衣的少女，正冲着路过的白人男性飞吻。

她和周围的自由的热带风情格格不入，穿着从家里带出来的碎花汗衫，无措地避让那些奔向大海的旅客。

5.
"我很后悔，你知道吗？"我对丈夫说。

泰国之行的最后一天，我去看一场秀，妈不愿意去，单独留在酒店。

等我回来的时候，她正在吃泡面。

我不知道该怎样形容那个时候的感受，尤其是她冲我微笑，问我开不开心的时刻。尤其是我打开门，看见她坐在一盏小台灯下的时刻。

酒店房门还没有关上，走廊里的灯光在各种金色装饰物上来回反射，营造出一种富丽堂皇的氛围。而屋内，我妈面前摆着一桶泡面。

我反手带上门，把走廊的光隔绝在外，一时间感觉自己正步入黑洞。

"你知道我妈那天晚上说了什么吗？"

"什么？"

"她说，她想告诉我，这几天是她这辈子过得最开心的日子。"丈夫陷入长久的沉默，把我搂进怀里。

"我干得那么糟，她却说这是她最开心的日子，好笑吗？她才是真正的语言艺术家。她要是骂我，我绝对不会像现在这么内疚。她就用那么轻飘飘一句话，把我碾碎了。"

日记5：

我曾搬去和妈住了一段时间，丈夫对此表示理解。但很快我就意识到，我对她的精神疾病完全无能为力。

我不知道她为什么要进行那样的四角仪式，也不明白她为什么把家里所有的瓷碗都收进柜子，非用不锈钢方饭盒吃饭。我只能在她做重复行为的时候打断她，在她进厕所超过十五分钟后推门闯入，把盆里的衣服通通丢进洗衣机。

但这是在浪费时间，就像是面对冰箱里腐烂的食物，我在不断擦拭污水，却没有解决发臭的根源。

一个月后，当妈又一次把我晾好的衣服取下，拿去手洗，我没有暴怒，只是很疲惫地靠在门框上，怀抱着双臂看她。

她知道我在背后，却没有回头。

"为什么非要这样？"

十分钟后，她说："不然我害怕。"

这答案我听过无数遍，我看着她的背影，也许又过了十分钟吧，我问："你害怕什么呢？"

搓洗声，不停歇的搓洗声，泡沫破裂，水面搅动的声音，厕所的四面墙似乎在向无穷远的方向退去，我和她站在无边无际的平台上，成为平台上的两个小点。

"我要被公司开除了。"我说。

她停下来，很慌张地看向我。

"你这样我没法上班。"我说。

那天，我被妈从家里赶了出来，她不再肯让我进门。再往后，同样退休的姨妈开始照顾妈的生活起居。

我每天都打电话问姨妈情况，到年关将近的日子，她要回老家了，我在餐馆把红包交给她，她才犹犹豫豫地说："你平时要多关心关心你妈啊。"

"我做得还不够吗？"

"你妈这个人轴，但是这个世界上，她最爱的人就是你了。"

"她跟你说什么了？"

"你别急呀，没什么。其实说到底，你妈这个心病还是因为你。"

见我不明白，姨妈接着说："你妈现在只要一停下来，眼睛就控制不住到处乱看，脑袋里就会不停地冒出念头。"

"什么念头？"我问。

"就比如说吧，我现在是她，我看见桌子上这一罐牙签，脑袋里就有个声音说，把它们都倒出来，一根一根摆在桌子的四个角上。"

"为什么？"

"为什么？"姨妈叹了口气，"因为她觉得不这么做，你身上就会发生不好的事。我跟她说这是迷信，她说她知道，但是万一呢？摆了就能安心，不摆，那个念头就会越来越强烈——万一呢，万一出事了呢，摆一下就好了，别让自己后悔。"

我如坠冰窟，感觉背后发麻，丧失了所有的语言能力，甚至有些想要呕吐。

我不知道自己怎么了，思维好像僵在了这一刻，拼尽全力地放空大脑。但我眼前始终有个手机屏幕，妈刻板的行为，困兽一样的举动，都缩在那个屏幕之后。

我还是不可避免听到了心底的声音："她的痛苦来自我。"

"不，不，不，这不是我的错，这和我没关系！"我在心里大声辩驳。

可是为什么？不管从任何角度我都没做错事，我却无法停止自责。

那几天，理智让我回避解决问题，但情感却告诉我：你没有办法入睡，不是吗？

那天凌晨，我从床上爬起来。

丈夫被我惊醒，问："怎么了？"

我一言不发，他看见我拿出那串红色钥匙，又问："你去那边,你妈睡了吧?出什么事了?"我推开他,把他那句"我陪你"抛在身后。

我在夜晚的风里,越走越觉情绪翻涌,如果出门前是一分愤怒,拍门的时候就有十分。

妈显然受到了惊吓,她头发乱糟糟的,声音也很嘶哑,轻声问:"怎么了?"

"没怎么,我来说说你的精神病。"

我们坐在沙发上,窗外偶尔有汽车驶过的声音。她已经完全醒来,却垂着头不开口。

我说:"我已经预约了,明天我们去精神病院。"

"你要把我送进精神病院?"

"对。"我骗她,"一个小时三百块,我老公说你真能花钱。"

"我不去。"

"那我就直接打电话让医院来接人,让左邻右舍都看见。"

妈终于抬起了她的头——那是一种怎样费解和痛苦的眼神,它精准地攥住了我躲藏在愤怒后的心脏。

在她的注视下,我强撑着说:"我已经受不了了,你在不停地,不停地给我制造麻烦。"

"我没有要你管我。"

"我不管你?所有人都看着,你因为我在这里自虐,你要我怎么报答你?你给我条明路吧,妈。"

"我不用你报答,我就是为了让我自己安心,你姨妈问我,我都解释过的。我反正退休也没事情做,做点什么不是做呢?人家老太太看电视,我摆摆东西,有什么呢?你别有压力,我没关系的……"

她又这样说。

"你没关系?好,现在我是你。我今天从早上忙到晚上,没有干任何有意义的事情。我耗尽了精力,腰疼得要死,但是没关系,我就是一根蜡烛,哪怕燃尽了,只要能照亮女儿一片脚指甲就够了。

我知道我的各种仪式可能没用，但是没关系，我已经六十多岁了，我已经不值钱了，我不重要。"

我陡然转变语气，狠狠地盯着她："我做的一切都是为了你，我付出了我的所有，你怎么能如此不知感恩？没关系，我能忍耐，我能接受，只要你好我就好了。"

"问题是，我不好。如果没有你，如果你不这样为我好，"我一字一顿地说，"我会觉得好很多！"

"我没有为你，你不要把我做的事情当作是为你。"妈依然在逃避。

我觉得可笑，说："那就请你不要再借着我的名头。"

"你真厉害啊。"妈望着我。

我想她可能会拒绝我，甚至责骂我，训斥我，万万没能想到她会说出这样一句话。

无力感如潮水一般将我淹没。

我掏出手机给她看了一张照片，是抽屉里的安眠药。

我用今天晚上最平静笃定的语气说："我已经变得很坏了，你不用再做那些了，我打算去死。我死了，就不会再有坏事发生了。"

妈陡然抓住我的胳膊，她干瘦的手指几乎要钳进我的腕骨。看到她惊慌失措的表情，我感到一丝畅快，等待她说些什么让这份畅快加倍。

她却什么也没有说，在几秒钟的安静之后，我看见她的两颊在以又快又轻的速度震动。她确实被我吓到了，急需要什么东西来安抚情绪。

我等待她开口，却迟迟没有，我们像两个忘词的尴尬演员。突然，我脑袋里闪过一丝灵光，似乎看见她用舌尖飞快地在上颚画着正方形。

是的，我该想到的。她把仪式藏进了身体内部，越焦虑越无法停止。忙碌的唇舌让她无法开口，只能用眼神表现出祈求。

她该说一些真正有用的话。我等待着一个母亲对女儿的挽留，却只得到她仍旧沉浸在自己觉得有意义的事情中。

这太可笑了。

"这是我们的最后一面，希望你不会对自己现在的行为感到后悔。"

妈依旧牢牢地抓住我，但她的力气远小于处于壮年时期的女儿。我把她的手从胳膊上撸下来，与此同时，我感觉自己湿润的眼眶逐渐变得干涸。

"妈，谢谢你爱我。"我说。

6.

这就是妈妈决定去医院治病前发生的所有事，我最终还是写成了日记，交给了医生。

医生说治疗强迫症是漫长痛苦的过程，患者只要对抗自己的行为，就必须面对时时刻刻的焦虑和恐惧。

妈比入院之前更瘦，眼神里总带着惊惧，我从没见过她那个样子，她比之前更像一个疯女人。

"我让她变得更糟。"不知道第几次崩溃地从医院走出来，我对丈夫说，"我现在开始觉得，也许她不需要治病。"

"什么？"

"只要保证她身体不出问题，精神不正常又有什么呢？那个时候她至少有获得感，不痛苦·。所以，会不会是我太傲慢了？我做的事情真的是对的吗？"

"你妈说她不想治了？没有吧。"

她确实没有，她温顺得惊人。然而，妈对一切安排的顺从，和她难以掩饰的痛苦搭配在一起，营造出一种巨大的可怜氛围。

我无法面对她看我脸色行事的模样——她是我妈，为什么我们会把自己过成这个样子？

"我小时候总感觉，不管我做什么，都会让她难过，这感觉真的是糟透了。"我说,"现在反过来了,她应该也觉得自己做什么,都不能让我高兴。"

丈夫说我想太多,所以才会有这么大的压力。

我没有回话,他不懂,我只是突然间不再怨恨妈了。

妈是个好人,她过于好,所以好到很坏。可悲的是我继承了她这让人痛心的缺点,因此,我们成了一对被困死在爱和善意中的母女。

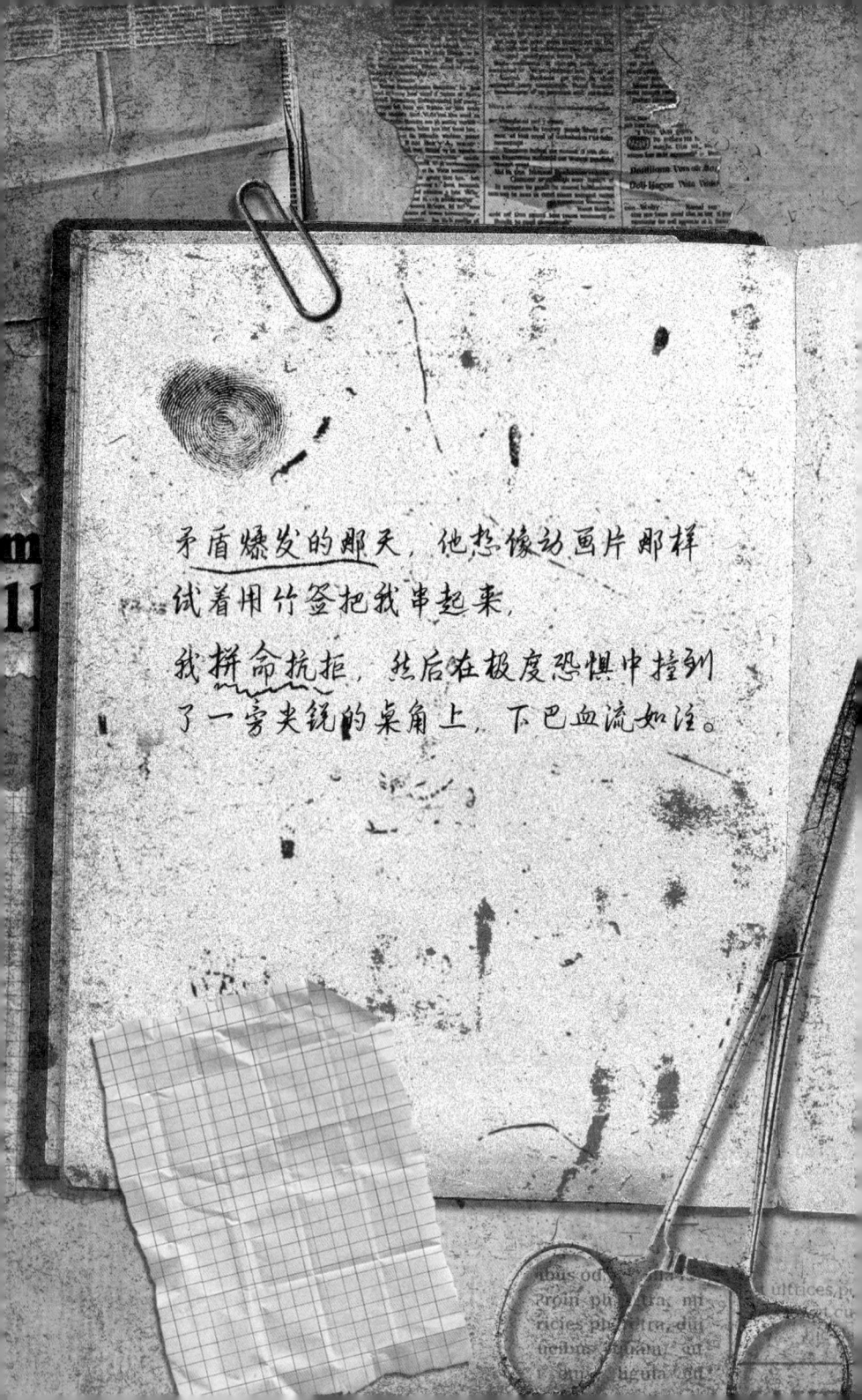

矛盾爆发的那天，他想像动画片那样试着用竹签把我串起来。

我拼命抗拒，然后在极度恐惧中撞到了一旁尖锐的桌角上，下巴血流如注。

文/花姜鱼

共谋

08 共谋

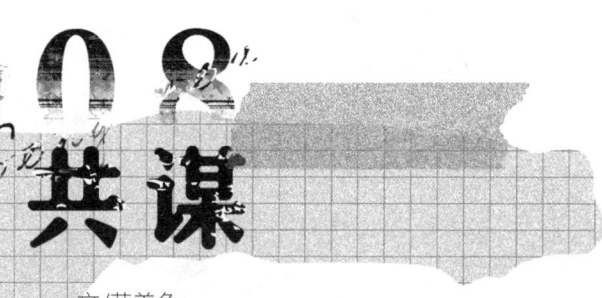

文/花姜鱼

6月16日

宝贝猪猪，昨天又惹你生气了……

我一直在反思是不是自己做得还不够多、不够好，所以才让你不相信我对你有多认真。

我也不知道我到底要怎么做才能让你信任我，如果可以，真想把我的一切给你，也许这样你就不会再对我那么若即若离。

晚安，宝贝猪猪，今天你也要做个美梦。

1.

我叫葛建斌，是K大学一名普通学生。

我的好兄弟温家骏已经一个星期没回寝室了，老大和老二一个每天早出晚归地跑实验室，一个因为女朋友的关系早就搬出寝室了，因此平时常住寝室的就我跟他，关系最好的也是我和他。

最后一次离寝前，他说要给女朋友一个惊喜，然后就是长达一个星期的杳无音信，现在都不知所终。

同住一个寝室这么久,这还是第一次发生这种事。毕竟平时无论什么事温家骏都会和我商量,这次我却不知道他到底发生了什么……

　　我有种隐隐的不安。

　　打开微信,和温家骏的聊天记录还停留在几天前他没接通的语音通话上。

　　点开他的社交平台账号,最上面的是张一星期前发布的动态照片,画面上是灯光倒映出的一高一矮亲密并肩的影子,地上是一个大众知名的高奢包装袋,低调得只露出了半边商标,底下是互动。

　　据说他女朋友消费水平不低,所以温家骏在她身上的花销可不小,光我知道的部分就已经是一笔不小的数目。饶是如此,他女朋友连恋情都不愿意公开,那段时间温家骏的脾气也跟着阴晴不定。

　　再往前翻,账号里全是他和女朋友的各种聊天记录……这么一看,他的生活简直被女朋友占去了所有重心。

　　不过翻着翻着,我就察觉到了一丝怪异之处。

　　不对啊……按照这小子的德行,给他女朋友准备惊喜这事怎么可能忍住不发动态?而且已经过了一星期了,竟然一条新的动态都没发?

　　打开电脑,我习惯性看了眼视频平台上"FLOWER"的动态。关注了这么久,对方依旧没有任何更新,仿佛跟着温家骏的失踪也销声匿迹了。

　　心中的不安逐渐加剧,我踌躇了一会儿,还是决定登上温家骏的云盘账号看看。

　　虽然他设了密码,但他不知道的是,作为他最好的室友,我对他的了解可能比他以为的还多。

　　熟练地点开云盘文件夹,最先映入眼帘的是温家骏在公司门口的合影。照片上的他看起来意气风发,旁边建筑上的王冠标志耀眼夺目。

我知道温家骏资助了一家"反网暴基金会",经常救助网络上遭遇网暴伤害的人,他的父亲似乎也有意投资。

"这家伙独照的样子原来这么欠揍……"我嗤笑着点开另一个文件夹,下一秒一张照片跳出来,是一个女人穿着真丝睡裙从酒店旋转门匆匆离开的背影,夜色下依稀能看出门口停了辆低调的保时捷。

我一下子直起身,金属椅子在地面划出刺耳的摩擦声。

下一张是温家骏发给昵称"宝贝猪猪"的聊天记录:"这就是你给我的惊喜?""你不怕我去网上曝光你?"

接着是几个未拨通的视频通话。

想起前段时间温家骏就情绪不对劲,抽烟也频繁起来,原来早在那个时候就有了端倪。

"这种事你应该早跟我说啊……"我低声喃喃,看向了电脑旁的金属挂饰,那王冠图案在光线下熠熠生辉。

直到我翻看到眼睛发酸,靠回椅背准备休息一会儿时,忽然听到门口传来几声女声,隐隐间我还听到了温家骏的名字。

温家骏?

我连忙合上电脑朝门口走去,打开门一看,门口站着两名陌生的女性和宿管阿姨。见我在房间里,宿管阿姨看了我一眼便就走了,留下的其中一人上前朝我温和一笑:"你是葛建斌吧?"

她直接向我出示了她的证件:"我们想向你了解一下温家骏的情况,希望你能配合我们调查。"

我愣了一下,目光随之落在她捏着警官证的手和袖口上,才注意到这两人没穿制服,都身着便服。

温家骏到底发生了什么,竟然连警察都找上了门?

心底的不安感像蚂蚁般爬上了我的脊背。我点了点头,对方又望了眼我身后,笑道:"方便单独聊聊吗?"

"哦,当然,寝室里现在就我一个人。"我边拉开门请她们进了寝室，边解释其他人不在的原因。

当我提到老二早就搬离寝室后，其中一人顿时转过身来看着我问道："搬走？具体是什么时候的事？"

我在对方有些锐利的视线下略微感到不自在："大概两三个月前的事了吧。"

对方若有所思地点点头，环视房间的视线望向了寝室里写着温家骏姓名的床铺。

床铺边的墙上挂着一幅电影《狩猎》的海报，据说是某年戛纳电影的获奖作品。旁边是一列书架，里面摆着我送温家骏的《乌合之众》。

"我去给你们泡杯咖啡吧？"我连忙问，码代码熬夜时我常用这个提神。

"不用麻烦了。"两人自然地拉过椅子坐在我对面，其中一人掏出了记录本开始询问我问题。

我注意到记录人掏出的那支笔似乎用了很久，隐隐能看到笔管上印着某某小学的字迹……

"你最后一次见温家骏是什么时候？"

我喉结颤抖了下，又想到了温家骏离开后就不知所终的那天，还有刚刚看到的那些触目惊心的照片。

"上周五他说要给他女朋友准备惊喜，然后就再也没回来过。"

"那天你在干什么？"

"那天上完课后我就一直在寝室打游戏，中午去了趟食堂，本来平时午饭都是温家骏给我带的，但那天他中午之前就出去了。"

"他告诉过你他要去哪儿吗？"

我摇摇头，心头不好的预感像石块般沉甸甸压了下去。

"我能问问温家骏到底出什么事了吗？"

"这件事我们还在调查中，"女警的声音公事公办，但眼底的神色证明了我的猜想，"不过温家骏不会再来学校了。"

那样的眼神我在参加葬礼时见过，那是一种同类对逝去生命的感伤，也是陌生人程度有限的怜悯。

我咬住了口腔内壁，直到尝到了淡淡铁锈味。

老温，早就劝过你很多次了，可惜你就是不听。早知今日，何必当初啊……

我心中其实对这结果并不意外，但胸腔中涌动的淡淡悲痛又很快转换成了某种坚定。因为我知道，温家骏会出事一定和某个人脱不了干系。

"他女朋友的姓名和联系方式你知道吗？"

我摇头："他女朋友好像是个小有名气的网红，温家骏一直挺注意保护他女朋友个人隐私的，没跟我们说过这方面的事。"

不过他虽然没带他女朋友见过我们，我却见过他俩打视频，还从他朋友圈里偷偷存下了侧脸照，找过他女朋友的网络账号，可惜我一无所获。

"温家骏平时除了你们还和谁有来往？"

"其实刚进大学那段时间他人缘还挺好的，和谁都能玩得来，但自从他和他女朋友开始谈恋爱后……"我的声音哽了哽，目光不由落在温家骏书桌上放着的心形相框上。注意到我的目光，女警将相框拿起来看了看。

"这是温家骏拍的？"

我点点头，相框里是一个看不清具体五官的虚焦远景，暖光下依稀只能看出是一个裙摆飞扬的女生。近景是温家骏比心的手指，他手上的王冠手坠在昏暗光线下像飘忽不定的火苗，就好似他和他女朋友的恋情。

"他和他女朋友好像很早就认识了，他女朋友也是他的初恋，所以温家骏一直对她有求必应。但自从他俩开始谈恋爱后他女朋友就对他管得越来越严，好几次系里的聚餐他都没去成，平时也就跟我们寝室里几个混得比较多。"

女警点了点头:"你有没有发现温家骏最近有什么异常举动?"

"异常举动?"我睫毛颤抖了下,"情绪低落算吗?还有失眠、砸东西……"

正在记录的女警抬起了头:"能详细说说吗?"

"就两个星期前的事,那天他在寝室刚挂了电话,忽然就抓起杯子往地上砸,碎片把我的手背都划伤了……"我把手上已经掉痂淡化的伤痕展示给她们看,然后忍不住叹气,"其实这些说到底,都和他的女朋友有关。"

两人若有所思地对视了一眼。

我苦涩一笑:"他女朋友是个控制欲特别强的人,经常要求温家骏对她言听计从,有时候半夜一通电话就要求他随叫随到,有段时间温家骏甚至和我们寝室所有人都疏远了。最过分的一次,就是那次他们吵架,温家骏的手机被他女朋友用虚拟号码不停轰炸……"

我吞了吞口水,对上女警示意我继续的眼神,继续说道:"他手机上大概收到了几百条死亡威胁,那天砸杯子也是因为这事……"

我盯着窗台藤蔓垂下的长长阴影,就好像看到了那天温家骏脸上的泪痕。

"你知道他们吵架的原因吗?"

我的心跳一下子加快了,手心也微微渗出汗来:"我觉得可能跟他女朋友外面的一些事有关,有次他打电话我听到他说她跟开保时捷的男人出去……"我垂着眼犹豫着说,"但只是我的猜测,我也没证据。"

抬起头,我却失望地看到对面两人的脸上依旧冷静的神情。

难道这些证据还不够吗?到底还要我怎么说她们才能意识到真正该关注的嫌疑人?

纸张记录声沙沙作响,我忽然注意到女警的记录本是活页设计,就好像她们能随时抽走任何一页证词。

我心底的失望渐渐化作了另一种情绪，如果警方对近在咫尺的真相无动于衷，除了他最好的兄弟外，还有谁能帮他寻找真相？

又问了我几个问题，对面的女警站起来，将旧笔夹在口袋里："谢谢你的配合，如果有任何情况，随时联系我。"

我接过她递来的名片，看着印在上面的字：邢少红。

书桌上的心形相框上还有淡淡的磨痕，那是两个星期前我的手不小心划到的。不过谁又在乎呢？

2.

《震惊，K大深情学霸惨遭女友毒手》

主楼：聊天记录截图。

宝贝猪猪：

3:12 梦见你和别的女人去约会了，你在哪儿？现在来找我！

7:47 我刚发的朋友圈怎么没点赞？你不爱我了？

20:20 谁让你去团建的，你又开始不听我话了？

回复：你明知道我不是这个意思，别这样了行不行？

宝贝猪猪：

20:30 别忘了你的照片还在我这儿！

回复：转账5200

评论区：

1L：现在高才生都被情绪绑架了吗？

……

144L：我在K大的朋友说最近确实有人被女朋友逼死了，难道就是帖子里这位？

……

1007L：隔壁有人扒出了记录里的女生是A大一个姓林的学霸，有人来仔细说说吗？

……

《有没有人觉得K大事件发酵得太快了》

主楼：有点不对劲，哪来这么多给男方抱不平的人？而且这么快就有了众筹项目的二维码，真的会有人去打钱吗？

评论区：

1L：点赞，有些发言一看就是男方家属买了水军控制舆论的。

2L：这不很明显是来骗钱的吗？整件事一看就好假，现实中真的有那种女朋友吗？说不定自杀的事也是假的，坐等女方的声明。

……

80L：录音、照片都有，聊天记录还这么详细，你说是假的证据在哪儿？

81L：这个众筹项目不是被扒出来是男方生前开的公司吗？

82L：我都不知道还有二维码，已捐款，支持揭发更多这样的恶女！

83L：谢谢LZ告诉我还能花钱，已捐款。

我是邢少红，是刑警支队大队长，刚刚得知了最新的舆情信息，我迅速召集了几个人来办公室开会。

"现在的情况就是这样。"把目光从几个热搜上移开，我转向办公室里的其他人，"我们要在舆情彻底失控前尽快把温家骏的死亡真相找到，这也是上面的意思。你们现在有什么看法，可以尽快提出来。"

几人面面相觑，反倒是实习生最先举起手："邢队，我先说说我的看法。首先是尸体报告，报告上写温家骏的脖颈上有明显的半环状索沟，勒痕从脖子一直延长到耳后根，证明他曾经尝试过自缢。但我们没在他的手机和家中学校里找到任何遗书，他到底为什么会自杀？

"其次是走访记录，如果葛建斌说的都是真的，那他女朋友很有可能长期精神操控温家骏，再结合现有的聊天记录，他女朋友手中很可能握有温家骏的不雅照，才导致温家骏几个星期前就出现了自杀倾向，我认为我们可以把重点放在他女朋友上，尽快找到她。"

另一个人也跟着开口："虽然因为家属不同意解剖尸体导致线索有限，但报告证明他曾经挣扎过，并且后脑勺还有不明肿大，现场勘查记录又显示温家骏的尸体是在一处废弃工地被清洁工发现的，结合温家骏的人际关系调查来看，我认为葛建斌也不能排除作案的可能。"

其他几人也纷纷表示同意，一位同事说道："我也补充几点，温家骏名下有一家名为'GOD科技'的创业公司，专注在网络安全和AI技术上，然后我注意到在温家骏刚建立社交平台账号后，他的账号就频繁和多个虚假账号互动，并且这些账号也出现在了这次舆论热点中，我怀疑温家骏是不是和这些账号背后的人有某种关系？葛建斌作为室友是否和温家骏存在一些利益冲突，他和这家公司又有什么关联？要排除这件案子的刑事嫌疑，我觉得有必要也查一查葛建斌。"

听完了几个人的思路，我点点头："那么就要等物证科和技术部的调查结果了。"

手机就在这时候振动起来，我起身走向门外，皱眉看着手机上跳出的消息：他又出现了，我该怎么办？

这个骚扰者竟然又出现了，果然没有惩罚的行为是无法震慑隐藏罪犯的。

这是我两年前接触的一起网络安全案件受害者，当事人的狂热粉丝不知从哪获取了她的个人信息，持续不断地给她送情书、礼物与怪异的合成音频，但因为没造成实质性危害而无法立案，她一直活在恐惧的阴翳下。

原本骚扰者已经销声匿迹了一段时间，没想到现在竟然又出现了。

我：有办法查到他的IP地址吗？

手机上跳出消息：不行，就和之前一样，用了特定的加密方式。

我：把记录发给我吧。

我捏了捏眉心，这种高级的匿名技术就如网络海洋下一片巨大的灰色河流，往往很难追查到，就连一些公司也会使用这种加密方式或者IP跳转模式，就像……就像温家骏的"GOD科技"专注的业务一样。

我眉心跳了跳，习惯性想从口袋掏烟，却先摸到了一块硬物。

掏出一看，是我那支用了很多年的笔。

脑中又想起受害人曾问我，为什么我会帮她？

我摩挲着笔上雕刻着的"青山小学"字迹，轻轻叹了口气。用了太多次的笔身上已经有块抹不去的磨痕，就如我实习期时放进档案柜的那份结案报告一般——十年前那个本该得到公正待遇的小女生，也是这样被抹去了姓名，在我心头留下了磨灭不掉的痕迹。

终于摸到了口袋里的烟，我站在办公室门外吞云吐雾，仿佛压在身上的石块也跟着减轻了一些。

等我抽完一支烟回到办公室，才发现舆论压力让物证科也加急赶出了结果，满科的人都在传阅着资料。

看我推门进来，实习生举着一沓资料挤过来："邢队，有重大发现！"

我接过她递来的资料仔细一看，也不禁愕然。

"通过对视频的逐帧分析，发现视频与照片均为伪造。我们追踪了涉案账号的IP地址与登录设备信息，发现当事人曾在短时间内频繁切换登录设备……并且经过核查，我们发现被骚扰记录都是被伪造的聊天记录……同时我们还找到了人民医院的诊断记录，确定当事人患有自恋型人格障碍，具体表现为期望被他人视为特殊或独一无二……"

原来，这就是葛建斌一直没见过温家骏"女朋友"真人的原因。

现实中真的存在这个人吗？

又或者，一切都只是温家骏病症下为自己虚构的幻想？

但我能确定的是，这个"女朋友"已经可以从调查重点中排除了，一个完全莫须有的人怎么操控活人自杀？

那温家骏死亡的真相到底是什么？

"邢队，你再看看这份资料。"

我打开资料，这是一份温家骏网络痕迹的调查，调查显示温家骏曾频繁使用校园网隐藏端口，多次访问"寒门学子被女友背叛"等事件的舆论发酵地，在匿名论坛发表过多个引起争议的帖子。

再看另一份资金流向调查，温家骏创立的"GOD科技"名下的项目也与多个舆论事件有关，甚至与一些机构有合作。

我不禁想到了这次事件中出现的众筹页面，不同样是将温家骏的"殉情"包装成了营销噱头吸引大众，并以此牟利的手段吗？

先不提那些技术手段是谁提供给他的，假如温家骏没死，那他现在必定是坐收渔翁之利的获利者之一。

抱着疑团再往下看，温家骏的公司成立后，公司就多了一位技术顾问。该技术顾问身份不明，却是除温家骏外公司持股比例最大的人。

调查显示温家骏的资金大多流向了一家名为反网暴基金会的组织，而基金会的资金最后却流至了海外暗网。

GOD科技、反网暴基金会与暗网三者之间的关系似乎隐隐拼成了一幅拼图。

直觉告诉我，葛建斌的存在就好像拼图中缺失的一角，只要拼上他，就能拼凑出温家骏死亡的完整真相。

实习生笃定地说："邢队，这个葛建斌一定有问题，但是我们……"

我明白她的言外之意，葛建斌计算机专业的身份使技术调查的难度大大增加了，他不仅谨慎，走访的表现也看得出他心理素质不错。

目前的证据还是太少，要怎么在手段合法的情况下尽快调查清楚真相？

正在思索之际，办公室的门又被推开了。

"邢队，我们在温家骏被删除的云盘记录里找到了新线索。"

被恢复的是温家骏云盘上的隐藏文件夹，按照年份分类。只看了一小部分，我就能分辨出是用非法设备拍摄的偷拍记录，画面左下角的编号甚至指向了这条产业链下可能有更多的受害者。

直到看到下一个分类的内容，我的目光和呼吸都仿佛跟着一起停滞了。

鼠标过了好一会儿才向下滚动，慢慢看完了剩余的内容，我起身深呼吸了下。

犹豫片刻，我掏出手机发送了一条信息：我想请你帮个忙。

3.

"温家骏！又是你在底下搞小动作不专心听课，给我站到后面去！"

熟悉的呵斥，熟悉的流程，我在老师的怒目而视中不以为意地站起身朝教室最后面走去。

从小我就是小区里最顽皮的男孩，直到上了青山小学，我还是班上最调皮不听话的那一个。但我不觉得我需要改，因为我知道，我只要像大胖那样一直吵闹，老师就会——

"小花，明天起你搬到温家骏旁边坐，你好好管管他，听到了吗？"

我的目光准确无误地落在那个短发脑袋上。

老师每天要管好几个班，那么多学生，总是要有人帮他分担工作的，那些文静内向、听话的优等生就是他最好的助手。

而我忍不住咧开了嘴，因为我知道我也像大胖那样，拥有一个老师分配给我的"新玩具"了。

新同桌很好玩，她的头发不像很多女生那样长长的扎成一束，只留到了耳朵下面，短短的像鸟窝，我可以拔她头发玩，用铅笔在她雪白的校服上画画，在她整洁的笔记上涂鸦，每次都会惹得她脸色通红，对我骂些不痛不痒的话，或者用力捶打我。

但她的力气比我妈小多了，也不会抄起家伙打我，还跟我妈一样，只要我假装讨饶或者道歉"知错"她就会放过我。我觉得很好玩，并乐此不疲。

但时间久了，她就知道这是我为了吸引她注意的小花招，便不再搭理我了。我只能变本加厉地逗她，连上课时都敢在老师眼皮子底下踩她鞋，无奈之下，她只能制止我。

"温家骏，你能不能别闹了？"

我装作听不见："你说什么？"

一支粉笔扔在了我头上。

"你们两个，都给我站起来！我让你们坐一起是互相帮助的，不是一起在课堂上说闲话的！"老师终于忍无可忍地怒吼起来。

"啪"的一声，一个巴掌重重摔在了桌上。

"我是让你好好管教他的，你就是这么管的？"

在爸爸的怒目而视中，妈妈幽怨地收拾着桌上的残局："我倒是想管，但你看他听我的吗？天天让我管，你不是家骏他爸爸？你怎么不管？"

爸爸听完一言不发，沉默地倒起酒来。

"哎呀，医生都说了让你少喝，你怎么还喝这么多……"

爸爸充耳不闻，依旧我行我素。

"都说了对身体不好让你别喝，你怎么就是不听我话呢……对了，你今天是不是又没喂狗，那只京巴犬这个点还在叫，家骏，别玩修正带了！赶紧把桌上这盆菜给狗端去！"

熟悉的呵斥，熟悉的流程，就好像我仍然坐在教室里。我在妈妈的怒目下懒洋洋地端起那盆菜，去喂我家新养的京巴犬。

远处仍能听到父母的谈话声。

"这狗这么小就总爱叫，大了怕不是要咬人，要不把它送到宠物学校教教它吧？"

"没事，它就是想啃骨头，给它根骨头就不叫了。"

我盯着嘴里咬着骨头的小京巴，果然，它嘴里咬着骨头就不叫了。

那天被老师训斥后，我第一次见我同桌哭。

我不明白为什么她会哭，更不明白为什么我犯了错老师却要骂她，好像老师只要给我安排个优等生我就不会再顽劣。但同桌哭起来很好看，睫毛湿漉漉的，眼睛水汪汪的，我还想多看几次。

从那天以后我开始变本加厉地招惹同桌，我抽她凳子、偷偷丢掉她铅笔盒里的橡皮、鼓动周围的人孤立她、故意用桌子夹她手……可她一直没哭过，也没找老师家长告过状。

后来有一天，老师说要成立"一对一帮扶"小组，不完成任务的小组就要一起留校，还要监督对方完成作业才能回家。我听说她每天要坐校车回去，就拿这个威胁她，这下她终于哭了。

以前我不知道老师嘴里"听话懂事的好女孩"是什么意思，这回我知道了。我说以后你不能不理我，她答应了。我说以后我想干什么你都得听我的，她也答应了。

难怪老师和家长总想让别人听话，原来让人听话的感觉这么快乐。

后来上了中学，我也依旧顽劣不听话，因为爷爷说："男孩子小时候总是会皮一点的，长大以后就好了。"

他当着我的面，仿佛我听不懂他在说什么似的，乐呵呵地指着爸爸，说："他小时候比家骏还皮，怎么让他改也没用，现在结了婚不就好多了？"

妈妈听了一句话没说。

那时我就明白了，原来妈妈也是个管教爸爸的优等生。

我不需要做出改变，只需要找到一个听话懂事的优等生。

于是上大学后，我拥有了一个"女朋友"。

我还是从前那个我，但朋友却说我"谈了女朋友后就成熟多了"。

这大概就是爷爷说的长大？但我却什么感觉也没有。

一开始我也不知道我的"女朋友"长什么样，直到我又看见了她，我的同桌。

随着我记忆的复苏，她也不再是我回忆里面目模糊的模样，我记起了她湿漉漉的睫毛，记起了她的哀求，她沾满血的脸颊，还有她的名字——林小花。

看到她，我就好像又坐回了教室里，脚下是那只狂吠不止的京巴，我知道我该给它找骨头了。

最开始我投资了一家"反网暴基金会"，因为网暴的受害者多为女性，富有同情心的志愿者也往往是女性，那里就成了我试验的温床。

我重复着"拯救者"的戏码，但结果总是不得我意，然后我发现了葛建斌。他虽然穷酸、丑陋，却好像我肚子里的蛔虫，总能在某些方面跟我不谋而合。

在我发现林小花和同校学长一起吃饭而咬牙切齿时，葛建斌得意扬扬地跟我分享他和 B 站小网红的相识经历："当她被大家指责的时候，只要你站出来表示不离不弃，不仅她会对你产生依赖，你还能因此吸粉呢。"

他状似无意地感慨："唉，现在只要匿名爆料几张照片就能轻易毁掉一个人，而且模糊关键信息不指名道姓还没有法律风险，啧啧。"

于是我学会了在网上发表《被心机女 PUA 的一年》，模糊信息虚构了一个女友假装清纯实则敛财的故事，在林小花不知道的时候为她收集了大量恶语。

在我不知道怎么引导舆论时，葛建斌送来了他迟来的生日礼物——包装精美的《乌合之众》："这本分析大众心理的书对你追女朋友应该很有帮助。"

于是，《学霸女神竟是海王》和伪造的酒店发票在匿名论坛中悄悄扩散。

我忽然意识到现在的舆论环境是片蓝海，而我作为男性的身份完全可以在里面畅游，以往自导自演剧本的种种反响就是最好的证明，但我也需要一个懂技术风险的人为我把控舆情。

接着我创办了一家名为"GOD科技"的公司，葛建斌邀请了一名高手作为技术顾问，再利用基金会的名义组建了一条灰色利益链，为创业项目引流投资。

正如葛建斌从未对我女朋友的身份刨根问底，我也对那位暗网技术高手的真实身份沉默不语。

因为我们都是同路人，因为我们默契共谋着同一个利益。

我们的沉默编织成一张天罗地网，网住了镜中花，水中月。

当我逐渐懂得如何通过制造危机摧毁对方的社交圈，获取一个女性的信赖时，我已经在林小花不知情的情况下收集了足够多让网友审判的"证据"，以及一系列热点话题。

一切都在我的掌握中，自觉胜券在握的我又向林小花发送了见面邀请。转过头，葛建斌在朝我微笑。

4.

"林小花……林小花……"

没有眼睛的男孩死死攥着我，脸上咧着夸张到几近扭曲的笑容。我拼命地挣扎推搡，却无论如何也挣不开。

"林小花……"无孔不入的声音像根不断收紧的绳索，我感到说不出的窒息，往哪儿走都无处可逃，最后只能从大厦的边缘一跃而下……

失坠感让我猛地惊醒，我满身冷汗地睁开眼，才发现我又不知不觉在沙发上睡着了。

电脑莹白的冷光打在我惨白的脸上，不用照镜子我都知道现在看起来有多憔悴。摸了摸汗湿的脖颈，下巴似乎又隐隐作痛起来，未合上的电脑还播放着睡前没关掉的直播，弹幕不断弹出——

兄弟们不要放过这个坏女人！

直播间依旧不断刷新着这些弹幕，哪怕这个陌生的女主播不断解释她跟 K 大的事无关、她并不姓林也无济于事。

偶尔有几条帮她说话的弹幕，但也很快被密密麻麻如蝗虫的咒骂淹没了。

我不禁感到浑身发冷，身旁的手机屏幕亮了又灭，我却不敢解锁，仿佛那是一个随时会爆炸的定时炸弹。

蒙住头，连日来精神上的衰弱和肉体上的疲惫让下巴上的隐痛也加剧起来，旧伤仿佛又把我拖回到曾经最无助的那个童年。

那是我小学的时候，当时我的同桌是班上出了名的混世魔王，偏偏老师安排我成了他的同桌。我当然知道老师是希望我管制坏学生，而当时班上除了我恐怕没人愿意和他做同桌，于是性格内向、又不愿给母亲添麻烦的我，被迫成了同桌的受气包。

从那以后他就成为我的噩梦源头，他把他能想到的可怕玩法都一一用在我身上，我试过求饶、找老师，但都毫无效果。

我成了满足他可怕幻想的玩具，直到他的想法越来越古怪。

矛盾爆发的那天，他想像动画片那样试着用竹签把我串起来，我拼命抗拒，然后在极度恐惧中撞到了一旁尖锐的桌角上，下巴血流如注。我被送往医院，尽管付出了血的代价，但我也终于如愿逃离了他。

后来我就告诫自己，一定要更努力学习向上走，走到他挤破头也够不到的位置。我和母亲既不能像他家那样轻松付齐医药费、送出大几千块钱的保养品、零食，也不能给学校捐桌椅，我能做什么？我想也只有书本会给我答案了。

原以为只要我努力读书就能摆脱命运，但原来我一直在网里，身不由己。身体不自觉蜷缩在了沙发角落中，正在这时，电脑上弹出了一封邮件——

您好，我们是反网暴基金会，一家致力于对抗网络暴力、保障数字人权的公益组织。我们注意到您最近可能正在遭遇网络暴力的侵害，或许您此刻正处于无助、愤怒与恐惧中，但请相信，这不是您一个人的战斗。

我们愿意无偿为您提供法律援助、心理咨询、证据留存、紧急庇护等援助，如果您确认需要援助，可以填写匿名申请表，我们将很快与您联系。

这封邮件就仿佛黑暗中忽然亮起的光，让我像看到了光源的飞蛾般，义无反顾地扑了上去。

袖管下的手表似乎微微震动了下，我点开了邮件上提供的网站，按照表格要求一步步填上了我的个人信息。

静静坐在沙发上等候着，很快，一个叫张澜的志愿者联系了我。

简单介绍了下自己后，张澜告诉我："林小姐，你的事我们一直有在关注，刚刚我们检测到同一个IP集群正在社交平台发布大量伪造信息，污染实时信息，需要我们先帮你处理吗？"

我心底咯噔一下："什么伪造信息？"

对方发来两张截图，都是带有林某真面目爆料的黑料谣言，还有我完全不认识的"闺蜜"发布的所谓"知情者爆料"。

我无措地看着这些谣言："我根本不认识这些人……我该怎么做？"

张澜："我们可以用你的账户替你和平台沟通，让平台清空词条，并将这些谣言存证，方便日后维权，同时针对这些谣言起草澄清声明。当然，这些都会在你的授权下进行，也需要你提供你的个人信息来制定舆论公关。请林小姐放心，账号密码依旧由你保管，我们只是暂代你打理。"

看着对方头像上仿佛代表着正义的王冠图案，我犹豫了一下，还是同意了。

张澜："有关温家骏方面的舆论公关和澄清声明，我们都需要你对我们予以信任，希望林小姐能将你与他的事据实相告。"

我立刻回复："我可以发誓，我和温家骏真的一点关系都没有！警方已经提取到了凶手的生物信息，我相信很快就会真相大白的！"

张澜："这件事警方已经有进展了吗？"

我直接将一张警方新发的进展报告发给他，上面显示警方在死者生前的物品上提取到了第二人的痕迹，现在正在加紧侦破中。

"凶手真的另有其人，我什么都没做！"

过了一会儿，张澜回复道："我相信你是无辜的。"

我盯着客厅上方的红光几秒，又犹豫着输入："有件事我不知道该不该说……其实，温家骏去世的那天他找过我。"

对方沉默了几秒，问道："你去见过他？他找你干什么？"

"他给我看了样东西，但我不太好说……"

张澜的消息回得很快："你放心，我们不会让你暴露在危险中的，请相信我们。"

我犹豫再三，还是发送了一些文件过去。

张澜："这是？"

我："这就是那天他发给我的东西，说这是证据，我说我看不懂，他就让我自己登录这个网站去查。"

对面没有立刻回复，我摸着手腕上光滑的表带耐心等待着。没过多久，对面回复道："这是用图片加密的一串暗网编号，背后可能与一些灰色产业有关。但他为什么要给你看这个？"

"他说他想引入新投资者降低公司另一个合伙人的持股比例，让我用这些证据去威胁对方。"

张澜："等等，林小姐不是不认识他吗？他为什么会让你去做这个？"

我："你不知道吗？我们其实从小就认识，是一个小学的。"

手表轻轻震动着，我起身走向了卫生间。确认走出了监控范围后，我关上门，一把撩起衣袖，迫不及待查看智能手表上的消息："植入已成功。"

看来鱼已经上钩了。

终于松了口气，我脸上情不自禁露出笑容。

时间倒回到邢少红让我帮忙的短信那天。

两年前，我在视频平台开设了一个分享学习方法的账号，大获欢迎的同时也被不怀好意的人盯上了。我的私信常常收到不明意图的语音及信息，家中也收到了许多匿名寄送的花朵、蛋糕、礼物……

但因为没对我构成实质危害，我报警后甚至无法立案。

而在我为骚扰痛苦恐惧时，一直是邢少红在为我提供帮助，我对她一直充满感激，因此看到邢少红发来的请求时，我毫不犹豫地答应了。

然后我才知道，原来那个闹得满城风雨的K大死者就是温家骏，他早就利用非法手段监控了我的家用摄像头，并以此非法牟利，而受害者不止我一人。

经警方调查，温家骏的死和葛建斌脱不了干系，而那个卷土重来的骚扰者，也很有可能是葛建斌。

邢少红说，警方要找到足以立案的证据调查葛建斌，需要我从中配合，因为他们判断，葛建斌一定会来找我。

手上的手表就是邢少红给我的，有技术人员重点监控IP地址，一旦葛建斌来找我，手表的震动就代表了提醒。

走出卫生间，电脑上不出所料是对方陈词滥调的舆论公关的说法。我忽略那些，直接问道："对了，基金会是不是还能帮我留存证据？"

张澜："是的。"

我："这是我这几天陆续收集到的证据，帮我看看能不能让我起诉那个一直骚扰我的人。"

我将证据发过去，手表又震动了下，我知道那是某样东西跟着文件一起被对方下载成功的提示。

没过多久，对方发来了疑问的截图："林小姐，这些也和目前的事有关吗？"

图上是"某校女生骗取奖学金"等几个帖子，时间均是两年前。

两年前，躲在暗中窥伺的人除了用私信骚扰我外，也在我不知道的地方发布了种种谣言，想到这里，我冷笑一声："当然了，这些难道不都是你的'作品'吗？"

张澜："林小姐，你在说什么？"

我："你可能没注意到，你在骚扰我时曾用Fateeye7@hotmail的邮箱注册过一个账号，而你在用虚拟账号为温家骏打造人设时也用了这个邮箱。"

我："我发现的证据还不止一个，还不承认你就是两年前骚扰我的人吗，葛建斌？"

打完最后一个字，我按下发送，抬头直直看向客厅中闪着红光的摄像头，然后切断了它的电源。

一个沉迷于操控他人命运的人，渴望通过操控舆论验证自己对群体心理掌控力的人，现在有一个最好的机会放在他面前，他会忍住不踩进来吗？

我确实认识温家骏，但从小学后我就再也没见过他。温家骏生前确实找过我，但那时我在学校，并未赴约，可葛建斌分明很在意这件事，人不会过分关注与自己毫无关联的事，可见他在温家骏的死上确实有猫腻。

不出所料，在我关掉摄像头后，"张澜"也再没有回复我，随着头像灰掉的王冠就像一只再也睁不开的眼睛。

但我知道他逃避也没用，因为早有人在等着他。

几天后，邢少红再次找上我。

雨天的咖啡店格外冷清，我却觉得她递给我的东西像个烫手山芋。

"我真的能看吗？"

邢少红在我担忧的目光下笑了："你也是当事人，看了说不定对案子有帮助。"

我放松下来,得益于那天悄然入侵了设备,葛建斌一直想隐瞒的一切都被警方一一剖开。

原来他真的参与了温家骏自杀的事,作为"GOD 科技"的技术顾问,为了获得更多公司股权,他们二人合谋了"假自杀事件"。

后来为了占取更多股权,他将计就计用暗网上买来的非法药物杀了温家骏。这也是他发现温家骏约见过我后紧张的原因。

一直以来,葛建斌因为谨慎不敢以真实身份担当公司的技术顾问,只敢用暗网与温家骏联络,但这份谨慎也成了记录他罪证的证明。

被破解的暗网账户中完整记载了葛建斌如何为温家骏提供技术帮助、如何用反网暴基金会洗钱、又是如何用志愿者的信息赚钱,以及如何利用假自杀操控舆论的谋划。

他和温家骏一边利用受害者的隐私信息发布虚假信息,再提供帮助代表其出面,作为正方和反方同时收割两边流量,最后借此吸引更多女性寻求他们的帮助,再把信息提供给暗网以获取不法灰色收入。

像葛建斌这样的人,在网络上还有多少?又有多少人即将被随机选中接受大众的审判?这一瞬间,突然涌上的冷意让我不禁打了个寒噤。

"温家骏的死因我们会出具警方通报,替你澄清,不过你还有学业,剩下的事……"

"剩下的事,我还会继续,基金会还有一部分受害的女性吧?我想和她们一起,把官司打到底。"

学业我不会放弃,对葛建斌的追责我也不会放弃。每个人都该为自己的行为承担责任,我是,他也是。

邢少红静静看着我,握着我的手,与我相视一笑。

坏种生下来的东西也是坏种。

"坏种" 我吗？

坏种

文/馆娃

坏种

文/馆娃

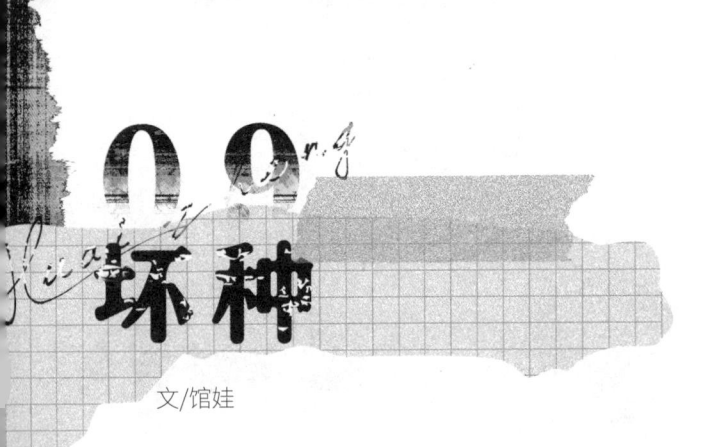

1.

大学毕业那一天，我回到故乡，村子里和四年前我离去时并没有什么差别。

村主任带着村民在我家门口迎接我。

我是村子里的第一个大学生，他们都指着我回来带领村里致富。可我万万没想到，就在当晚，整个村子被一场大火吞噬，全村五十一家、两百人无一幸免。

我的母亲是个精神病人，父亲是个老实的农民，我还有一个三岁的妹妹，今年我十二岁。

我的家庭和富裕搭不上边儿，甚至可以说是贫穷。父亲一年种地卖的钱大概只有一万块，这一万块是我们一家的起居和我上学的费用。

初中不比小学，我需要走两公里左右的山路才能到学校，以至于我每天需要在学校吃午饭。

两块钱，是我的午饭钱。

这两块钱并不足以让我吃饱，但父亲说如果再多给我拿两块的话，就没钱给母亲买药了，可我从未见过母亲吃药。

母亲大多时候躺在床上望着窗外，从我记事起她就总是那样，但那时母亲的病还没有那么严重，她时不时还会教我写字，有时她还会呆呆地望着我，喃喃自语道："我考上了研究生，你也要考研究生。"

这天我照常去上学，上学前我会先喂妹妹吃完早饭，父亲基本在天没亮之前就下地了，他很辛苦也很能干。

母亲虽然也会早早起床，但她的精神状态并不能很好地照顾妹妹。

妹妹刚出生时，母亲差点将刚烧开的热水倒在她的身上，但当热水洒落前的一秒钟，母亲似乎一下子清醒过来。

她把热水壶扔到门外后开始号啕大哭，她说，孩子是无辜的，我们都是无辜的。

可我当时并不知道母亲说的无辜是什么。

山路并不好走，所以我会提前一个小时就从家里出发，说来也怪，今天的路走得异常顺畅，刺眼的朝阳透过云层刚好照在家的方向，我想，今天一定是幸运的一天。

午休时，班主任匆忙跑进食堂找到了角落里的我，我的手里还拿着半个没有吃完的馒头和半碗没有蛋花的紫菜蛋花汤。

"别吃了吴畏，你家出事了！"

班主任拉着我的手就向外跑去，突如其来的拖拽让我的馒头掉在了地上，翻滚到了一个同学的脚下，他低头斜睨了馒头一眼，随后将它踢开。

一块钱，掉在地上的是一块钱。

"老师，我家里出什么事了？"

"你妈的家里人找到了！你姥姥姥爷要来了！"

姥姥，姥爷，这对我来说是再陌生不过的词。

据我所知，母亲是个孤儿，父亲也是，我们家里并没有年老的长辈，唯一的亲戚是我父亲的妹妹。

但村里人都很照顾我们家，村里的男人们更是喜欢我父亲，他们总会时不时来我们家里吃饭，带着许多好酒好菜。

他们聊天时总会提及我的母亲，他们说我父亲有福气，娶了个高才生还没花钱，是他们的榜样。

父亲听到这些话也很受用，他会摸摸我的头炫耀道："那当然，第一胎就给老子生了个儿子，以后我儿子也得娶个高才生。"

我的父亲是个土生土长的农民，没读过什么书，他说的话很糙，但村里就是这样的，大家都是这样的。

父亲每每和他们聊完这些话题后都会让我去给母亲擦身子，平常父亲都是自己一个人睡，我带着妹妹和妈妈睡，但这种时候父亲就会把我们俩赶去他的屋子，我并不知道里面发生了什么，我只知道每次这样过后，母亲第二天就会望着窗外一整天，滴水不进。

一个小时后我气喘吁吁地回到了家里，狭小的院子里挤满了人，门外的邻居也在墙外抬头张望着。

我站在人群后面有些不敢进去，莫名的压迫感和不安笼罩在我的心头。不知道为什么，我总感觉姥姥姥爷的到来或许对我们家并不是一件好事。

"吴畏，你在外面站着干什么，赶紧进来！"父亲发现了躲藏在人群外的我，一下子拽着我的衣领把我放到了人群的中间。

"同志，你看，这是我们家大儿子，他跟他妈最好了，你听听孩子怎么说。"父亲平常并不像酒后那般，他低眉顺眼的模样就是一个老实巴交的农民。

我抬眼顺着父亲的视线望去，眼前的男人身着一件西装外套，我在父亲的衣柜里见过相似的，只不过父亲的西装灰扑扑的还有些宽大，他这件干净且整洁，人也像是从电视里走出来似的。

"小朋友，不用害怕，我是志愿者，你可以叫我王叔叔，你知道你爸爸和妈妈是怎么认识的吗？"面前的男人说话很温柔，而且他说着一口标准的普通话，显然是个城里人。

"我……我不知道。"我并非不知道，只不过父亲的眼神正在警告我，我怕，如果我说错了什么，这个家会不会因此而破碎。

"那你爸爸妈妈对你好吗？他们平时关系怎么样？"

"挺好的，他们的关系也挺好的。"我说的是实话，村子里没几户不吵架的，隔壁家李婶天天被李叔打，她家女儿每天天不亮就起来烧火做饭，我还听说等到她十四岁就会被嫁给村东头一个三十岁的光棍。

和他们比起来，我的父母从来不吵架，父亲对我和妹妹都很好，他让我上学，还说等我上大学了就可以供妹妹上学，这样我们家就都是高才生了。

我的回答让父亲很满意，他摸着我的头赔笑道："您看，我就说我们家就是正常的家庭，根本不是你们说的拐卖什么的。"

拐卖？

这我知道，前几天村主任家的哑巴娶了个媳妇，那个姐姐生得可漂亮，听隔壁李婶说，她就是被拐卖来的。

"让孩子回避一下吧，我们进屋聊聊。"王叔叔一旁的男人开口说话了，他们的装扮都一样，都是西装革履的。

他们把我关在了院子里，周围的邻居也渐渐散去，我只能躲在墙根底下听听他们说了什么。

"吴鑫，你知道你的妻子是一名研究生并且还有父母吗？"

"嘿，什么研不研究的，我不懂那个。"

"你们是怎么认识的？"

"哎哟，年头太长都有点不记得了，零一年还是零二年吧，我去镇上赶集，就碰着她在那个菜摊子捡人家的菜叶子吃，哎呀那大冬天的，她就穿一件单衣服，我看着可怜啊，就把她带回来了。"

"为什么不报警呢？从镇上带回村子路程可不近啊。"

"我，我一个种地的，大字都不识，没想到报警呀，但是我让我妹夫帮我去弄那个什么寻人启事了，没找着啊。"

"你和她结婚生子是她自愿的吗？据我们所知，她患有精神分裂症。"

"当然是自愿的，我给她吃给她穿，让她住家里，我也不用她干活，她想和我过日子。"

父亲的话并没有什么不妥，我所了解的事实和他描述的也大概相同，可母亲是否自愿这件事我不得而知。

2.
母亲有一本日记，她把它藏在枕头套里，母亲的枕套一年才会洗一次，除了我没人发现。

母亲的字迹有些潦草，我也只是匆匆看了一眼，她在扉页上写着：跑，大学，妈妈，脏。

屋子里的人似乎没什么可问的了，他们说警察明天会带母亲的父母过来认亲，随后便离开了。

离开前王叔叔意味深长地看了我一眼，我并不很明白，直到后来我才看清那眼神里带着愤怒、心疼和无奈。

他们一行人走后父亲把我叫进了屋内，连带着姑姑也来了我们家。

父亲的表情并不好，他低着头啪嗒啪嗒地裹着烟，直到最后一根烟丝燃尽才开口道："败家娘们儿，非要办什么残疾证，这下好了，警察都要来了！"

姑姑并不是一个习惯于忍气吞声的女人，她在村子里是出了名的泼辣，她瞟了一眼半倚在床上的母亲嘲讽道："给她办残疾证还不是因为你天天打牌输得饭都要吃不起了！外人以为你是什么好东西，你没钱吃饭还不得管老娘借，我要不是看在小花的分上，我愿意管你？"

小花是我三岁的妹妹，我不知道姑姑为什么这么说，但很显然小花对于她有某种特别的意义。

父亲被说得又低下头，他思索了片刻后说道："那明天警察来了怎么说？我不会被抓进去吧。"

房间里一时安静了许多，我突然意识到这件事情好像不是寻亲这么简单，我的父亲似乎面临着牢狱之灾。

"不会，咱们去找村主任，李哑巴的媳妇不就是村主任买来的？有村主任在，村里人不敢说什么。你这算是收留，说不定人家还得感谢我们呢。"

姑姑话音刚落，母亲突然哈哈大笑起来，刺耳的笑声穿过耳膜只让我觉得可怕，怀里的小花也吓得哭起来。父亲对这嘈杂的声音很是不满，抬手就想去扇母亲。

"不能打！"姑姑的喊声及时制止了父亲，父亲转过头，脸上还满是怒气。

"不能打，明天警察就来了，晚上给她擦个身子换件衣服，不能让她家觉得她过得不好。"姑姑的话似乎很有道理，一下子就劝住了愤怒的父亲。

"走，去村主任家，吴畏你也跟着去，到那儿了你就跪下和村主任哭，让他救救你爸。"

我不知所措地跟在父亲和姑姑的身后，我的大脑还没办法接受这突如其来的变故。

村主任家的"喜"字还没有摘掉，我站在院子里向后屋望去，窗户内哑巴媳妇正蜷缩在床边的角落，她没有我婚礼时见她那样好看了，她的头发糟乱地披在身后，脸上满是青紫的伤痕。

她似乎是感觉到了我的视线，抬眼向我望来，我赶忙偏过头去。

我不敢看她，她的样子……有些像母亲。

村子里的事传得很快，村主任见到我父亲时脸上一副了然于胸的模样，姑姑见状直接踢了我一脚示意我下跪。

"李爷爷，求求您救救我们家吧，我不想让我爸坐牢。"

我如约地说出刚才姑姑教我的话，父亲也顺势接过话去："村主任啊，您看我这好心收留个女子，怎么还被扣上拐卖的帽子了，您说说这事儿可怎么办呀，这村子里的女人大多不都是这么来的吗，您说是不是？"

父亲的话既是求情也是威胁，村主任微微蹙了下眉头后开口道："老吴啊，我也知道你们家不容易，你媳妇那是有福气啊在镇上碰到你了，那不然都不知道被冻死在哪儿了。你放心，村子里的人都能帮你做证，我这个村主任肯定也会秉公办事的，绝对不让你蒙冤。"

村主任的话就像是一颗定心丸，其实就算是父亲不去求村主任，村子里的人也不会说什么的，那些没钱娶媳妇的光棍都等着哪天能收留一个女子回来做媳妇。

晚饭后，姑姑拿来了几件自己的衣服给我，让我给母亲换上，她说明天姥姥姥爷来是大喜事，妈妈要穿得漂漂亮亮的。

我看着手中的衣服，都是洗得褪色的陈年旧衣了，但相比于母亲现在身上的倒是干净许多。

换过衣服后房间里只有我和母亲两人，她从枕头里拿出日记本后随意翻开了一页，上面密密麻麻写的都是一个字：跑。

"妈，你真的是被拐卖的吗？"我小心翼翼地开口，生怕母亲会因为我的话而犯病，可我还是忍不住问出了这一句。

母亲看向我，摸了摸我的头，并没有回答。

我想，应该不是吧，在我的记忆中母亲并没有逃离过，她只是日复一日地靠在床上。

第二天我并没有去上学，父亲和姑姑说我要在家欢迎姥姥姥爷。

大概午饭过后，两辆警车停靠在我家院子外，我只在电视里见过警车。

警车上除了警察，还下来了两个老人和一个中年男人，他们的衣着显得和村子里的人格格不入。

那两个老人想必就是我的姥姥姥爷了。他们比我想得还要年老一些，姥爷看样子已经八十多岁了，他拄着拐杖步履蹒跚地走进院子，妈妈被姑姑从屋子里扶出来，两边的人四目相对，院子里挤满了人，却安静得可怕。

直到姥姥的一颗泪珠滴落，她伸出满是皱纹的手抚摸着母亲的脸颊，缓缓开口道："花儿，我的花儿。"

母亲仿佛并没有参与到如此煽情的剧目中来，她眼神空洞地望着前方，准确地说是在望着警车。

"先进去吧，我们有些事情想再了解一下。"为首的王警官的话打破了此刻的温情，母亲也被说得缓过神来，她不再似刚才的平静和空洞，而是转过头双目怒视着面前的所有男人。

母亲的眼神是我从未见过的，我想，她可能是要发病了……

果不其然，母亲突然低下头拿起一块石头朝着警车砸去，事情发生得太快，等众人反应过来时警车的前门玻璃已经出现了细微的裂痕。

"赶紧把她拉住！这是干什么！"王警官的脸上有些不快，可他略带凶意的语气显然让母亲的精神更不对了。母亲挣脱开了姑姑的束缚，试图去撕扯王警官的衣领，不知为何，母亲对面前的警察恶意很大。

"花儿，花儿你别这样。"姥姥拦住了母亲张牙舞爪的手，嘶哑的嗓音满是心疼。

母亲一时间怔住了，她的眼神又重回空洞，嘴里喃喃道："坏人，不让我回家的坏人，他们都是坏人。"

3.

母亲的声音不大不小，但刚好让在场的每一个人都听得清楚。我清晰地看到王警官的脸上闪过一丝尴尬的神情，但随即他就又换上一副新的面孔。

挤出的笑容让他的表情看起来很奇怪，院子里的氛围也一下子降到了冰点。

"吴畏，快，叫姥姥姥爷，让姥姥姥爷看看大外孙子。"姑姑刺耳的声音打破了尴尬的局面。

我站在一旁不知所措，两个老人看向我的眼神显然不是疼爱，更多的是怨恨和无奈。

"姥姥，姥爷。"我低着头小心翼翼地开口，声音连我自己都听不太清。

不知为何，我的心底对他们生出了一丝愧疚感。

他们并没有回应我，一旁一直没有说话的男人倒是开了口："我妹妹的事咱们进屋好好聊。"他的语气里仿佛带着些威胁。

我跟着他们进了屋子，姑姑提前安排我收拾了一下，但墙上掉落的墙皮和斑驳的水泥地面无一不显示出这个家里的破败与贫穷。

他们扫视了一圈屋内的环境后，我看见舅舅的眼中噙了些泪水，他脸上的愤怒也显现出来。

他拿起炕上的被褥狠狠摔在地上，怒视着父亲："这被子是给人盖的吗？！"

姑姑只想着让母亲穿得好些，她不会想到屋内的细枝末节。

被子里的棉絮露了大半出来，常年的污渍斑驳着一块又一块。

从我记事起，母亲的被子就只有这一条。有时我会想帮她洗一洗，可母亲没办法离开那条被子，每当我试图拿走它，母亲就会大喊大叫着将被子夺回去，将它埋在自己胸前，嘴里喃喃着："不要，不要。"

久而久之，我也不再试图帮母亲洗被子。

父亲被舅舅吼得一时没缓过神，还是姑姑站出来打圆场："哎哟，你又不是不知道，你妹妹是个神经病呀，她对那被子喜欢得很，谁要是拿走那被子，她都要跳起来打人，吓死人的。"

姑姑的话虽是事实，但舅舅显然有些被激怒了，他一把抓住姑姑的衣领怒目圆睁，挥手就要打下来。

"干什么？！当着警察的面你还想打人吗？！"若不是王警官出手制止，只怕舅舅的巴掌真要落到姑姑的脸上。

姑姑是个老油条了，见状立刻坐在地上哭号起来："真是没有王法没有公道了啊，好心救人居然还要挨打，我们这一家子真是命苦啊，好心都喂了狗，没天理啊！"

"这是怎么了，吴家妹子怎么坐在地上啊？"村主任的到来无疑是为姑姑平添了后盾，他假模假样地扶起姑姑，又看向一旁的舅舅开口道，"干什么？！吴家可是救了你们家女子，你们这是干什么？！"

"村主任啊，你说我们家好心收留她，结果她家人现在要来打我们，我们照顾一个精神病十几年容易吗？！家里饭都吃不上都得给她匀一口，你可得给我们做主啊。"姑姑说得声泪俱下，仿佛真的是好心被当成驴肝肺的模样。

一旁的舅舅被气得直喘粗气，可现场仿佛并没有人会为他说话。

"我说句公道话，这女子十几年前像个乞丐一样在路上，是吴家老大看她可怜才领回来的，王警官，我们当时可是去过你们派出所问了这女子有没有家人。这吴家人这么多年对她那都算好啦，什么活儿她都不能干还一直养着她，你们不感谢就算了，还这个态度。"村主任果然如昨天承诺的一样，说了些"公道话"，一时间舅舅似乎也找不到什么理由去反驳。

眼看事情到此就快结束了，接下来或许母亲就会被姥姥接走，我可能也会像村里的张招娣一般成为一个没妈的孩子。

可这时舅舅突然莫名地问了我一句："你是哪年出生的？"

屋内的人突然齐刷刷地看向我：舅舅的审视，姑姑和父亲的担心与恐惧，姥姥姥爷的心疼，王警官的不解。

"我……我是零二年出生的，今年十二岁。"我唯唯诺诺地开口，生怕说错一句话就会让整个家庭分崩离析。

话音刚落，我便看见舅舅的拳头紧紧地攥在了一起，看得出来，他在压抑着自己的愤怒。

"好，那没什么事儿我们今天就把我姐带走了。"舅舅并没有想象之中的暴怒，我也放下心来，或许妈妈离开对于现在来说是最好的结果了。

"那不行啊。"父亲见状试图去拉母亲的手，但舅舅凌厉的眼神让他只能讪讪地收回手，"你把我媳妇带走了哪行呀，这孩子不能没妈呀。"

"你们俩没领结婚证，严格来说她并不是你的妻子。"许久没说话的王警官终于又开口了，但这话显然不是父亲想听到的。

"你这是什么话！我们办了婚礼的，全村人都知道，这孩子是她亲生的吧，孩子她不能不管啊！"父亲说着便把我推到了母亲跟前，姑姑也有眼色地去隔壁屋子把妹妹抱了过来。

可父亲的算盘并没有打对，舅舅嫌恶地看着我和妹妹，向地上啐了一口："坏种生下来的东西也是坏种。"

我从未想过自己会得到陌生人的爱，可当舅舅厌恶的眼神赤裸裸地落在我身上时我不禁心脏一紧。

"坏种"，我吗？

从我记事起我便负责家里的家务，放学到家还要给父亲母亲做饭，妹妹出生后吃的米汤也是我一点一点喂进去的，寒冬时候在院子里洗母亲和妹妹的尿布，满手的冻疮我也不曾有过一丝怨言……

可我不知道该如何反驳舅舅，村子里的光棍来找父亲喝酒时会给我带糖块，但糖块只能在院子外吃，那时屋内发生了什么我真的一无所知吗？我不知道，我也不敢想。

我只知道他们离开后我要为母亲擦拭身体，在父亲锁住房门时我还可以偷吃几口桌上冷掉的烧鸡。

这样的我，好像的确是个坏种……

我没吭声，妹妹却在此时哭了起来。她虽然三岁了，可长期的营养不良让她像个刚满周岁的孩子。

刺耳的哭声弥漫在房间里，或许是母性，母亲终于回过神来，不似刚才的空洞，她看着哇哇大哭的妹妹，眼中也掉落几滴泪水。

"花儿，我的宝贝，别哭。"母亲温柔地抚摸着妹妹的额头，嘴里哼唱着我没听过的童谣，"月儿明，风儿静，树叶儿遮窗棂啊，小宝宝你快睡觉……"

妹妹伴着母亲的歌声慢慢安静下来，一旁的姥姥满是皱纹的脸上噙满了泪水。

"这女孩我们可以先带回去，这男孩我们不要。"舅舅见状开口道。

我并不难过，妹妹还小，她应该去过更好的生活。

"那哪行呀，这花儿你们可别想带走，这以后是要给我们家壮壮当媳……"父亲的咳嗽声打断了姑姑，可众人的脸色明显变了样子，就连村主任也是一脸埋怨地看着姑姑。

姑姑见状也是立刻换了副面孔，赔笑着说："不是，我是说这花儿的年纪和壮壮差不多，两个孩子还能做个伴儿一起学习。"

纵使姑姑再怎么找补，眼前的人们显然也是知道了她内心的想法。

舅舅没再说话，径直从姑姑的怀里把妹妹抱了过去，转身说了一句"赶紧走"，便头也不回地离开了屋子。

父亲和姑姑见状还想去外面追，可村主任拦住了他们。

我站在院子门口目送着离去的母亲，她并没有回头，他们都没有回头看我一眼。

"吴老大，你还有个儿子，也算是赚了，人家也没找你要说法，就这样吧。"村主任拍了拍父亲的肩膀便离开了。

刚才还喧闹的家一时间空荡荡的，我这才意识到，这个家里以后只有我和父亲相依为命了。

"天杀的，儿媳妇给我抱走了，哥，你说这壮壮以后可怎么办呀，我们家哪有钱给他娶媳妇呀。"姑姑嘴里咒骂着，丝毫没注意到父亲脸上的不对劲。

"叫唤什么！我媳妇都让人带走了！村里那帮光棍还不定怎么笑话我嘞，还不是你非得去办那个残疾证，败家娘们儿。"父亲拿起院子里的鸡笼，"啪"的一声摔在地上，院子里的尘土被拍打起来，藤条散落得满地都是。

我的家，散了。

4.

日子并没有想象中难过，我照常去上学，父亲照常给我生活费，只是他回家的次数愈发少了。他常常半夜才回，天不亮就又出去了，听隔壁李婶嚼舌根子说，父亲在赌场里认识了个大哥，带着他赢了不少钱。

李婶的话似乎是真的，周末的时候父亲回来了，他大手一挥给我拿了一沓子钱，我从未见过这么多钱，大概有一万块。

"儿子啊，女人就是扫把星，那两个丧门星走了以后你爹我啊赚了不少，我要什么女人没有，一个精神病，我呸。"父亲从包里又掏出几沓子钱，看着有两三万的样子，这大概是我们家两年的收入。他满面春光地看着我，脸上全是得意。

"爸，你别这么说妈。"我把钱放到一旁，小心翼翼地开口，不出我所料，大概几秒钟之后父亲的巴掌落到了我的脸上。

"小兔崽子，你是我们老吴家的人！你那个精神病妈没带走你，你还帮着她说话，白眼狼。"父亲的话犹如刀割在我的心上。

是啊，我对妈妈不好吗？她甚至都不愿在离开时看我一眼。

见我没再反驳，父亲满意地笑了笑，他拿着桌上的一沓钱拍了拍我的脑袋："这钱你拿着花，我最近有点事，过几天再回来，你个臭小子等着跟老子享福吧。"

父亲大概离开了一周，他回来那天刚好是冬至，院子里落着一层薄薄的雪，父亲右手的小拇指正啪嗒啪嗒地滴着血，殷红了院子，好似山上的红梅。

　　"快给老子钱，我给你的钱呢，都给我！"刺骨的寒风吹得父亲的脸颊通红，但他的额头上全是细碎的汗珠，怕是疼的。

　　"爸，你是赌输了吗？"我在电视上看过，赌徒还不上钱就会被剁手。

　　"别废话，快给我！"他的双眼猩红，父亲的脾气虽然不好，但像这样我还是第一次见。此时我突然有些庆幸妹妹和母亲已经不在了，不然父亲不知会做出什么事。

　　见我还愣在原地，父亲径直冲进了屋内，鲜血在水泥地上融成了暗红色。

　　"在下面那个抽屉里。"

　　我早知道这钱大概是守不住的，我把它放在了自己的小盒子里，那张盒子里还有一张照片，是父亲母亲结婚时拍的，那是我对母亲唯一的念想。

　　父亲粗暴地打开盒子，母亲被随意地扔在地上，艳红的血滴在母亲那不合身的婚服上，一滴，两滴……

　　"嘿嘿，还好老子留了一手，看我回去都给他赢回来。"

　　父亲拿到钱后没有一丝停留地离开了，我的心里意外的平静，其实一切都有迹可循，我的父亲，他一直都是个坏种。

　　两天后，我在课堂上被老师叫出去，她告诉我，我的父亲被抓走了。

　　回到家时，两辆警车正停在院子门口，父亲的手上戴着手铐，院子里还有第一次来家里的那个志愿者，王叔叔。

　　"爸。"

　　父亲如获至宝般看向我，哭喊着："儿子，你快和警察说，你妈她是被我收留的，我不是强奸犯啊，你快告诉他们爸爸是个好人啊。"

这一天还是来了，我不知道怎么开口。

别做个坏种。我的脑海里突然蹦出一句话。我想，或许我的降生就是个错误，那就不要一错再错了。

"我有证据。"我走到屋内，拿出了藏在母亲枕头里的日记本交给了为首的警察。

父亲似乎还以为我是在为他脱罪，脸上开始露出谄媚的笑容："警察同志我就说嘛，都是误会，快把我放了吧。"

"带走。"我眼看着那个警察握住日记本的手越来越紧，看向父亲的眼神也愈发愤怒。

"哎，你们不能抓我，我和自己的婆娘过日子还犯法呀，你们不能抓我啊。"父亲边被拖拽着边喊冤，可没人会听他的陈词。

"孩子，我会把你送去你妈妈那儿，你有什么东西要收拾的，收拾完我带你走。"王叔叔见父亲上了警车后走向我，他的语气很温柔，他是唯一把我当孩子的人。

"叔叔，我不想走，我不想去找妈妈。"我本能地向后退了一步，试图和他拉开距离，我的存在只会每时每刻地提醒着母亲这十几年的悲惨。

"你才十二岁，你不能没有监护人。"王叔叔眉头微蹙，我不知道他是心疼我还是怎样。

"我还有姑姑，她会照顾我的。"

但实际上我很清楚，父亲一旦进了监狱，村子里便不会有人再踏入我家的家门，姑姑也一样。但我知道，我不能再出现在母亲的面前。

王叔叔沉默了良久后叹了口气，他应该是妥协了，或许他也知道，我于母亲而言永远都是一根刺。

"我会和你妈妈那边商量，你的学费生活费他们会承担的，你……自己照顾好自己。"王叔叔摸了摸我的头，有些心疼。

可现在这个结果我已经很满意了，我的生活不会和以前有任何差别,相反,我不再需要每天照顾一大家子人,我会更轻松些。

至于母亲,我不会再去见她,永远。

5.

半个月之前的我还生活在一个相对美满的家庭,如今,我的父亲被冠上了强奸犯的罪名。

原来所谓的"好人"其实是恶心的施暴者,一切看似幸福生活的开始,都起源于一场罪恶。

我照常上学,但村子里的消息总是不胫而走,就算学校在镇上,我也不可避免地成了大家的谈资。

"你听说了没,吴畏他爸是强奸犯。"

"他妈居然是被拐卖来的,看他平时不声不响的,谁知道会不会和他爸一样。"

"我听说强奸犯在监狱里都是最底层的,谁都看不起呢。"

"咱们可得离他远些,谁知道他会不会变成强奸犯。"

我从前的人缘不算多好,但也不差,有时还会有女孩子分我块糖果。大家都知道我穷,有好心的人会暗暗地帮帮我。可现在,班里没有女生会和我说话,走廊里其他班的女生看见我也如看见瘟神一般。

可我并不生气,难过还是有一些的,但换作我是他们,或许我也会这样的。

被排挤的日子并不好过,老师也不会为了一个"孤儿"费什么周章,不过还好,除了身上时不时出现的泥土块和脏水,他们也没有做什么其他出格的事情。

小孩子的忘性总是很大,他们的排挤也只持续了两年,初三的时候大家都忙着中考,便没人记得我这档子事了。

镇上的教育水平很一般,年级里八十多个学生大概只有十七八个可以考得上高中,有些女孩家里早早地给找好了厂子,甚至有的都说好了媒。男生进厂的进厂,家里有些钱的便送去上技校，还有些就在街上认大哥，当混混。

　　我和他们不一样，我想考大学，考研究生，我想去母亲的城市看一看。

　　学习的生活是枯燥的，日复一日的，可我乐在其中，多做一道题我便离城市更近一步。

　　一年过去了，中考在喧闹中落下了帷幕，考场外的许多人庆贺着自己再不用学习，但还有些人想读书却没了机会。吵吵嚷嚷之后，考场门口只剩下空中未落的尘土。

　　"你怎么不走？"我望向一旁的李耀娣，她和我是同村的，也是学校里为数不多还会和我说话的人。

　　她就呆站在那里，眼睛死盯着学校的招牌，大颗的眼泪从她脸上滑落。

　　"你……你别哭啊。"我并不太会表达情感，她的哭泣让我不知所措。

　　"吴畏，你知道吗？我考得特别好。"她缓缓开口，脸上甚至带了些笑意。

　　"这是好事啊，我们可以一起上高中。"

　　"可是我上不了了，张阿婆前几天来我们家说亲，我爸要把我嫁给李二狗。"话音刚落，李耀娣的眼泪便如断了线的珠子般不住地流。

　　"我不想嫁人，我想上大学，吴畏，你说为什么啊，为什么我不能上大学？为什么我要嫁给那种人啊！"

　　李二狗二十岁出头，是村里出了名的混混。我还在上小学的时候他曾把一个高中生打得肋骨骨折，但李二狗并没有进监狱，他家赔了三十万给那个学生，这件事后他更是肆无忌惮，村里的人见了他如同老鼠见了猫。

　　还没等我开口安慰她，一阵轰鸣声打破了此刻的宁静。

　　"媳妇，在这儿干吗呢，我来接你回家啦。"

　　这吊儿郎当的语气属实把我和李耀娣吓了一跳，转过身去，李二狗正站在他的摩托车旁满脸痞气地看着李耀娣。

"吴家那小子,你在我媳妇边上干什么呢?!"他说着话朝我们俩的方向走来,纵使在学校里受过多年的冷眼和嘲笑,但此刻面对李二狗这样的真混混我也是不住地打哆嗦。

"李帆,你别这样。"李耀娣怯生生地开口,语气里难掩哭腔。

李耀娣生得漂亮,现下这委屈又害怕的模样更是让李二狗喜欢得不得了,他嫌恶地看了我一眼后向地上啐了一口:"快滚,别让老子再看见你在我媳妇旁边。"

我呆在原地,一时间不知该不该离开,李耀娣的未来会像母亲一样吗?或者像哑巴媳妇一样?或许她会更可怜,她是被家里卖掉的,永远不会有人来救她。

"还不滚,我看你是真皮痒啊。"李二狗的拳头直冲着我的脸下来,我甚至来不及闪躲就被打倒在地上。

嘴里一时间被鲜血浸满,腥甜的味道充斥着我的口腔。

很晕,看不清面前的人,很疼,嘴里说不出一句话。

眼看着第二下拳头就要落下了,李耀娣握住了他的手。

"李帆,何必和他较劲,打了他你也疼,我们先走吧,我想回家。"她的声音不住地颤抖,这话一出,就代表她的一只脚已经迈进了地狱。

李帆看起来很听她的话的样子,他踢了下我的腿用眼神警告我,随后便搂着李耀娣上了摩托车。

轰鸣声随之响起,尘土飞扬,蒙眬中我看见李耀娣回头望了我一眼。

而我,只能躺在地上看着李耀娣委曲求全,看着她被带往地狱,我是个废物,什么都做不了。

出成绩那天正是李耀娣和李二狗结婚的那天,李二狗她爸是开纸厂的,算是村里的首富,这场婚礼办得极为宏大,是村里久违的热闹。

伴随着外面的爆竹声，我在电话里得知了自己的成绩，七百三十分，可以上一中。

很开心，但没人分享我的喜悦，唯一一个可以分享的人，她此刻正身穿婚纱准备嫁人。

院子外的喧闹直到黄昏才结束，我没有去，我没有勇气去见李耀娣，她才十五岁，今天的她该多么绝望。

不知道李二狗家给了多少彩礼，第二天李耀娣的父亲就开始盖新房了，他满脸都是抑制不住的笑容。

李耀娣的弟弟正在院子里蹦蹦跳跳地拍手，一家子都在向往新房子、新生活。

这一切都是牺牲了李耀娣换来的。

好景不长，在我去上高中的前一周，李帆带着李耀娣回了娘家，我刚好路过，便躲在一旁的草垛子里。

院子里还堆着建房的砖块，李耀娣像个小鸡仔一样被李帆拎着拽进了院子。我想过以后她的日子可能会过得不好，可我没想到会这么快。

"老李头，你家这娘们儿是个什么稀奇物啊，我刚带她从医院回来，她生不了孩子！"李帆说着便把李耀娣往前一扔，她跟跄着栽倒在地，嘴角还有些许淤青。

"这，这怎么可能呢！"李耀娣父亲也是一脸震惊地看着她，满眼的不相信。

"老李头，你这要是给我个不下蛋的母鸡，那价钱可就不一样了，你得把彩礼钱退我一半。"

李耀娣父亲哪听得了这种话，况且这建房子已经花了许多了，这钱是一定不可能还回去的。自然地，他也把愤怒发泄到了李耀娣的身上。

"你个赔钱货，都嫁出去了还能给老子惹事，你这么大生不出孩子，是不是上学的时候和什么人鬼混？！"

没能想到这话竟然是从一位父亲口中说出来的，李耀娣更是，纵使她知道家里对她不好，可她也从未想过父亲会如此。

"爸，你这么恨我为什么还要把我生出来？"

她没有大吵大闹，满脸的心灰意冷，依稀可见她的裤子上还有些许的血迹。

院门没有关，门口陆陆续续围了些人看热闹，李二狗仿佛得了助益，高声开口道："大家都评评理啊，我花了大价钱娶的媳妇居然是个不能下蛋的，这不是断我们家香火吗？"

村里的人惯会趋炎附势的，大家都顺着李二狗的话茬你一句我一句地拱起火来。

"是啊，这李帆可是独生子，家业总得有人继承啊。"

"老李头这么着急把闺女嫁出去，估计就是早知道这事。"

"可不是，姑娘才十五岁就让嫁了，我看就是想钱想疯啦。"

七嘴八舌下老李头的脸上也挂不住了，开始低声下气地道歉："对不住女婿，可我真是不知道这事，现在我也拿不出这么多钱，你看看怎么办好啊。"

李二狗嘲笑着看向老李头，嘴上的话锋却变了："哎哟，老丈人，我也不是特意为难你，只是你这闺女不能生养，我老李家的后可怎么办呀。"

老李头沉默了片刻，开口道："嗐，女婿啊，她不能生就找个能生的呗，反正我这女儿嫁给你了，也没有要回来的道理，你就当个伺候你的人放家养着。"

李耀娣还没到结婚年龄，虽是办了婚礼，可法律上并不承认，李二狗闹这么一通无非是想让自己再名正言顺地找别人。

听了老李头的话，李二狗很是满意，但他还是装作一副苦恼的样子，良久后才点了点头："行吧，看在老丈人的面子上这事就这么办吧，走吧，媳妇，回家了。"

李二狗转过身去，脸上满是得意的笑容，李耀娣对他来说不过是个玩物。

6.

我并没有去一中,而是去了一个私立高中。

我的成绩足够好,私立高中免除了我所有的学杂费,并且每年还会给我三千块钱的奖学金补助,这对我来说是最好的选择。

学校在市里,提供住宿,离开家的那天我只带了一张母亲的照片和三件衣服,我想,我不会再回来了。

辗转了四趟大巴车后,我终于到了学校。

城市里的一切都不一样:只在电视上见过的高楼大厦,各种各样我没见过的店铺,叫不出名字的店里卖的是奶茶。

我只在村里的超市见过瓶子装的奶茶,奶茶店里出来的人手里都拿着一个透明的杯子,上面还插着吸管,杯子底下还有着黑色的像老鼠屎一样的东西,他们说那叫珍珠。

真是有趣,后来我才知道真正的珍珠是长在蚌壳里的,贵得很。

市里的人不知道我的过去,我在学校的日子好过许多,他们在得知我没有父母后甚至还会向我道歉,对我说:"不好意思,提到了你的伤心事。"

城市里的一切都很美好,原来从前的母亲就生活在这里。

高中的学习有些困难,同学们都会补课,可我没钱,做过的练习册一遍又一遍地翻,但我显然还是跟不太上大家的进度,两个月后的期中考试我从班里前五名倒退到二十名。

班主任的脸色不是很好,我无措地站在办公室里,班主任把我的卷子翻了又翻,随后拿出了好几本习题册。我见过其他同学的,那上面的标价一本都要三四十块。

"你底子好我知道,但是高中和初中不一样,你得动脑子多做题,这些练习册你拿回去好好学。"

"老师,我……"

"我知道你家里的情况,你好好学习才能真正让自己出人头地,钱的事你不用考虑。"

自那天起,我便没日没夜地学习,我只有一个想法,去母亲的大学,去看看她的前半生。

三年的时间转眼就过去了,我的成绩稳居在班级前五名,我做过的练习册和卷子摆满了宿舍的床底。

2020年6月8日,我走出了高考的考场,我并没有想象中的轻松,反而觉得压在我身上的担子越来越重。

我呆呆地望着学校里悬挂的"高考加油"的横幅,眼泪不知不觉地就滑落下来。

三年前,站在我旁边的李耀娣,她本应也站在这儿的。

一个月后,我如愿收到了母亲曾就读的大学的录取通知书,我终究是迈出了第一步,这一步迈了六年,但于我而言很值得。

听姑姑说,父亲还有一周就要放出来了。毁了母亲,毁了我和妹妹一生的人居然只需要坐六年牢。

一周后,我回了老家,姑姑在村里大摆筵席——我的升学宴和父亲的接风宴。

我是村子里第一个考上大学的孩子,村里的人都来祝贺,他们说老吴家祖坟冒了青烟,说我父亲教子有方。

多么可笑啊,一个大字不识几个的人,一个蹲了六年大狱的人,教子有方。

"吴叔,恭喜你啊,儿子考上大学了。"

熟悉又令人厌恶的声音,我转头看去,果然是李二狗,他居然也来了。

可更令我惊讶的是,一旁的李耀娣,脸上的风霜全然看不出她才十八岁,她的手中抱着个两岁大的孩子,头发散乱地扎在后面,像是个老妈子。

许是注意到了我的视线,她向我望过来,随即又迅速地低下头躲闪着。

到底是什么样的生活将她变成这样的?

李二狗也注意到了我，朝我走过来。他胖了许多，体形粗壮。

我有些害怕，三年前的那一拳不仅疼，还把我的自尊打在了地上。

"吴老弟，厉害啊，以后去大城市发财了可不能忘了你李哥，你和你嫂子还是同学呢，咱们这都是实在亲戚。"

他并没有像从前那般，反而满是笑意地和我称兄道弟，或许他可能早就忘了当初打我的那一拳，或是他根本就不在意那一拳。

我看着他的嘴脸，真想狠狠地揍他一顿，可是我不能，我看向李耀娣手中的孩子，没忍住开口道："你也过得挺好，孩子都这么大了。"

我分明记得他说李耀娣不能生孩子的。

"嗐，还行吧，你大嫂不能生，我就又找了个，你别说，这大学生是厉害，一下就给老子生了个男孩。"

震惊，愤怒，心疼，无数种的思绪充斥在我的脑海里，他像是在炫耀，他在炫耀什么？

"那……那个嫂子怎么没来？"

"不听话，生了孩子还不安分，总想着跑，我就给锁屋里了。"

轻描淡写的一句话，像是在说一只小猫小狗。

那不是跑，是回家。

这个女孩、哑巴媳妇、李耀娣、母亲，还有千千万万个我不知道的女人们，她们都应该回家。

我的脑子里满是愤怒，可我看着面前的李二狗和父亲却一句话都说不出口，举杯推盏的人们也不会在意，他们巴不得自己也"娶"个女大学生。

他们都是帮凶。

"不好意思，我有点晕，先回去歇会儿。"我不想再在这个地方停留，他们的每一口呼吸都让我觉得恶心。

"赶紧回去，可别让咱们大学生生病了啊。"李二狗拍了拍我的肩膀，语气里带了些嘲讽，他还是看不起我。

　　傍晚，一切归于平静，父亲喝醉了正躺在炕上呼呼大睡，我盘点着礼金，一共是一万三千四百元，我的学费有着落了，但父亲大概不会把这笔钱给我，我只能趁着现在离开。
　　和三年前一样，我只带走了母亲的照片和三件衣服，是时候迈出下一步了。
　　到了镇上我并没有急着离开，我写了封信送到了警察局，现在的我只能用这种办法帮助那个女孩。
　　距离开学还有一周的时间，我找了一份奶茶店的工作，喝到了我人生中的第一杯奶茶，很甜，很好喝。
　　我需要兼职攒未来三年的学费，开学前的这几晚我就在隔壁的网吧睡觉，于我而言，温暖的室内已经是一个很舒适的环境了。
　　大学的生活真的很丰富多彩，各种社团、学校演出、部门活动，从这一刻起我才真正感受到母亲的前半生。
　　可我并没有资本像其他人一样玩乐，我需要赚钱，我只能在去图书馆和做家教的路上看一看广场上玩乐的同学们，但这足以让我觉得幸福。

　　7.
　　四年转瞬即逝，我成功地拿到了保研资格，和母亲是同一所学校，我想看看母亲走过的路，看看她曾经的生活。
　　拿到研究生录取通知书的那一年，我久违地给父亲打了电话，意料之内的他对我破口大骂，指责我当年带着钱不辞而别，指责我四年内杳无音信，指责我不忠不孝。
　　我不在意，我现在要回去了，尽我该尽的责任。
　　这四年兼职和奖学金攒下的钱大概有六万块，我留了一万，剩下的托当年的王叔叔寄给母亲。

也不知道我的妹妹过得好不好，但这些都与我无关了，我不会再出现在母亲的生活中。

回村之前我租了一辆奔驰，花掉了五千块，剩下的五千块我买了些礼物，还包了些红包，准备送给村里人，毕竟我第一年的学费还要归功于他们。

许是父亲提前在村里打了招呼，当我的车驶入村口时，村主任带着许多人在道路两侧欢迎我，李二狗也在队伍的最前面露着一口满是烟渍的牙笑着。

李耀娣愈发沧桑了，一旁的小孩也已经是上小学的年纪了。

"村主任，这是干吗呀，赶紧进村里吧。"我摇下车窗向村主任寒暄道，满脸的不好意思。

"你现在出息了啊吴畏，这大豪车都开上了，真厉害呀。"李二狗凑上前来唏嘘道，眼中满是羡慕和嫉妒。前几天听父亲说他家的纸厂效益极差，再加上他这么多年的挥霍，家产已然不剩多少了。

"说笑了李哥，谁不知道咱们村最有钱的就是你家呀。"

我脸上赔着笑容心中却唏嘘，这么多年这个村子里的人真是不改分毫。

在一帮人的簇拥下，我开车到了家院子门口，一下车就有好几个媒婆凑过来想要给我说亲，我打着哈哈告诉她们我已经有女朋友了，就不必他们操心了。

一旁的村民还起着哄。

"吴畏，大学生女朋友有啥不一样的没？"

"你开这么好车那女娃不都得贴上来？"

"你看那老吴就娶个大学生，现在小吴也谈个大学生。"

"小吴啊，这大学生和咱们村子里的女娃哪个好？"

"你这问什么小吴啊？问李二狗呀，他家不就有一个大学生嘛。"

在众人的哄笑声中，李耀娣的脸色愈发难看，可没人在意她的想法，就连李二狗也满脸得意地说着："哎哟，各有各的好嘛，那大学生还是水灵些。"

这话一出我便知道，当年送去警局的那封匿名信终究是石沉大海了，那个女孩不出意外的话至今还锁在李二狗家。

"好啦好啦，一会儿再说，我给乡亲们带了礼物，还给孩子们包了红包，来来来，分一分。"我打断了他们，这些谈资属实是恶心。

分完礼物后，我便招呼着大家明天来家里吃席，庆祝我考上研究生并且免份子钱。

喧闹过后，我和父亲在家中一起喝酒，这是我第一次和父亲在一个饭桌上。

我想，有些事情我该问问清楚。

酒过三巡后，父亲的脸色微红，我便开始了最后的问题。

"爸，当年我妈到底是怎么来的家里？"

父亲脸上的笑容在一瞬间消散，刚才的众星捧月显然是让他有些忘形了。

"怎么好端端的提那个扫把星，要不是因为她，老子我能蹲六年吗？！"

"爸，那是我妈，而且，你进监狱是你自己做错了事，怎么能怪妈呢？"

"怎么不怪她，本来想着不用花钱就能娶个媳妇，谁知道后面搞出这么多事。"

父亲咒骂着，仿佛这一切真的是母亲的错。

"你把妈带回来的时候她精神就不太好了吗？"

"还行吧，也会说话，就是有时候呆呆傻傻的，但是也看不太出来。"

"那你是怎么把她带回来的？"

"她当时好像找不着家了，我问了问发现她说不太明白，我就把她带回来了，就这么简单。"

"怎么不送去警察局啊？"

"老子正好缺个媳妇，这送上门的不要白不要啊。咋，你在老子这儿吸取经验呢？！"

父亲玩味地看着我，这里的人似乎认定了娶媳妇就是买媳妇。

"爸，时间不早了，明天我还得安排村里人吃席呢。"

关上了父亲的门后，我收到了李耀娣的回信。

我在给李二狗孩子的红包里放了一封信，很幸运，她看懂了我的眼色。

"好。"

信上只有一个字，但有这一个字就足够了。

第二天中午，村子里的所有人都聚在了我家门口，我摆了二十桌，到场的一共一百九十七人。

没什么讲话环节，我只是招呼着大家开饭。一个小时后，一百九十七人全部倒在了饭桌上，包括我。

下午四点十五分，消防车的警铃吵醒了我，我还没有死。

8.

再睁开眼是在医院的病床上，面前站着两位警察。

"你醒了，我是西城市公安刑警队的队长，我姓陆，关于淮中村失火致两百人死亡的案件我有些情况想问问你。"

我直起身子靠在床上，脑子里有些疑惑，两百人！为什么多出来三个？为什么我还没有死？

"据了解，案发当天你请了全村人吃饭，我们在你和部分村民体内发现了安眠药残留，对此你有什么想说的吗？"

"是我下的药，火也是我放的，我想杀了全村人。"我没什么好隐瞒的，原本我是想和他们同归于尽的，现在既然我活了下来，那就应该承担罪责。

"吴畏，我劝你说实话，不是你认罪就说明这件事真的是你做的！"

196

陆警官的话倒让我有些摸不着头脑，这事就是我做的，怎么他们还不信？

"真的是我，我大学是学药理的，这些年我陆续攒了很多麻醉用药物，我计划着把村里人聚集到一块，等他们昏过去以后再放火烧村，你们怎么不信呢？"

"是吗？火真的是你放的吗？"

这……怎么可能？

"我们在你的车里发现了一封信，你要读一读吗？"

"什么信？"

他们把信递给我，我颤抖着双手打开：

吴畏，等你读到这封信的时候我可能已经葬身火海了。

对不起，没有听你的话好好活下去，可我们真的不知道该怎么活下去了。

谢谢你，为了我们做的这些，你的母亲会为你骄傲的。写下这封信的此刻我正看着你躺在地上，把你搬出来可真累呀，费了我们仨好大力气。

你真傻，给别人下药自己还中招了。不过没关系，我们仨会代替你完成这个计划的，今天过后你要好好活着，你是幸运的，请代替我们去看看新世界吧。

李耀娣

为什么？为什么会这样？

我以为我能救了她们，为她们报仇，为母亲报仇，可为什么她们要……

"陆警官，她们，她们都死了吗？"我抬起头看向陆警官，鼻涕和眼泪都不受控制地掉落。

"是的，很抱歉，现在你可以说一下昨天的事情经过了吗？"

"前天晚上，我给了李耀娣一封信和一包药，信上我告诉了她我的计划，我求她帮我把药放到菜里，村里的席面都是她们这些媳妇做的,所以她是唯一一个能帮我下药的人。我和她说等大家都倒下的时候我会把油箱里的油浇在家门口,有柴火垛子和汽油火会烧得很快,我会进到火场里和他们一起死,她就能把那些被拐来的女人都救出去了,到时候警察来查时凶手已经死了,她们不会有事的。"

"那你刚才为什么不说?"

"我不知道,本来我是不应该被迷倒的,我一口饭菜都没有吃,火应该我来放,我怕李耀娣放了火你们会抓她,谁知道她……"

"好了,情况我们了解了,你养好身体后我们会传唤你,你暂时涉嫌教唆杀人,我们会再来。"

他们走后房间里只剩下了我自己,我万万想不到她们会一起自杀,她们明明可以逃掉的。

李耀娣你真傻,我哪里还有光明的未来啊,从我得知我的母亲是被拐来的那一天,我就已经没有未来了。

9.
一个月后,我被以教唆杀人罪诉讼入狱。

事情到这里其实已经结束了,狱中总有人问我为什么入狱,我便把我的故事讲给他们听,他们说我是个好孩子,可惜了。

直到有一天,一个已经待在这里二十年的老头听完我的故事后沉默了片刻,随后抬起头望向我说道:"还是随了你父亲啊,坏种。"

十年前我的舅舅见到我时对我说,我和父亲一样,也是个坏种。

我并不信,并且一直将为母亲和其他女性伸张正义这件事当作我的目标,可人啊,总是骗来骗去把自己也骗过去了。

自始至终我总是告诉自己,总有一天我要回来杀了他们,一切的等待和努力都是值得的,可当我试图拿起火把时,懦弱、恐惧又占据了心理，于是我开始赌人性，赌李耀娣会代替我完成这件事。

原来我的安眠药，是自己吞下的，连我自己都忘了。

全书完

图书在版编目（CIP）数据

疯人日记 / 秦森主编. -- 北京：新世界出版社，
2025. 6. -- ISBN 978-7-5104-8131-4
Ⅰ. I247.7
中国国家版本馆 CIP 数据核字第 20258V9H29 号

疯人日记

作　　者：秦森
选题策划：漫娱图书　马飞
责任编辑：楼淑敏
执行策划：宋旖旎
校　　对：宣慧　张杰楠
装帧设计：杜荁　殷悦
责任印制：王宝根
出　　版：新世界出版社
网　　址：http://www.nwp.com.cn
社　　址：北京西城区百万庄大街 24 号（100037）
发 行 部：(010)6899 5968（电话）　(010)6899 0635（电话）
总 编 室：(010)6899 5424（电话）　(010)6832 6679（传真）
版 权 部：+8610 6899 6306（电话）　nwpcd@sina.com（电邮）
印　　刷：武汉鸿印社科技有限公司
经　　销：新华书店
开　　本：889mm×1230mm 1/32　　尺　　寸：145mm×210mm
字　　数：211 千字　　　　　　　　印　　张：6.25
版　　次：2025 年 6 月第 1 版　2025 年 6 月第 1 次印刷
书　　号：ISBN 978-7-5104-8131-4
定　　价：48.00 元

版权所有，侵权必究
凡购本社图书，如有缺页、倒页、脱页等印装错误，可随时退换。
客服电话：(010)6899 8638

6.

我并没有去一中，而是去了一个私立高中。

我的成绩足够好，私立高中免除了我所有的学杂费，并且每年还会给我三千块钱的奖学金补助，这对我来说是最好的选择。

学校在市里，提供住宿，离开家的那天我只带了一张母亲的照片和三件衣服，我想，我不会再回来了。

辗转了四趟大巴车后，我终于到了学校。

城市里的一切都不一样：只在电视上见过的高楼大厦，各种各样我没见过的店铺，叫不出名字的店里卖的是奶茶。

我只在村里的超市见过瓶子装的奶茶，奶茶店里出来的人手里都拿着一个透明的杯子，上面还插着吸管，杯子底下还有着黑色的像老鼠屎一样的东西，他们说那叫珍珠。

真是有趣，后来我才知道真正的珍珠是长在蚌壳里的，贵得很。

市里的人不知道我的过去，我在学校的日子好过许多，他们在得知我没有父母后甚至还会向我道歉，对我说："不好意思，提到了你的伤心事。"

城市里的一切都很美好，原来从前的母亲就生活在这里。

高中的学习有些困难，同学们都会补课，可我没钱，做过的练习册一遍又一遍地翻，但我显然还是跟不太上大家的进度，两个月后的期中考试我从班里前五名倒退到二十名。

班主任的脸色不是很好，我无措地站在办公室里，班主任把我的卷子翻了又翻，随后拿出了好几本习题册。我见过其他同学的，那上面的标价一本都要三四十块。

"你底子好我知道，但是高中和初中不一样，你得动脑子多做题，这些练习册你拿回去好好学。"

"老师，我……"

"我知道你家里的情况，你好好学习才能真正让自己出人头地，钱的事你不用考虑。"